D0234790

Bienvenue à Griffstone

Eva Ibbotson

Bienvenue à Griffstone

Traduit de l'anglais
par Mona de Pracontal

Du même auteur chez Albin Michel Wiz :

Reine du fleuve
L'Étoile de Kazan
Le Secret du quai 13
Recherche sorcière désespérément

Eva Ibbotson vit en Angleterre où elle connaît un très grand succès. Elle est célèbre pour ses romans jeunesse dont *Le Secret du quai 13* et *Recherche sorcière désespérément*, ainsi que *Reine du fleuve* et *L'Étoile de Kazan*. Désormais des classiques dans les pays anglo-saxons, ses livres pour la jeunesse sont publiés en France par Wiz.

Titre original :
THE BEASTS OF CLAWSTONE CASTLE
(Première publication : Macmillan Children's Books, Londres, 2005)

Aux enfants de l'école de Rock Hall

Chapitre un

Il y a des enfants dont les meilleurs amis ont deux pattes et des enfants dont les meilleurs amis ont quatre pattes – ou mille, ou pas du tout.

Madlyn adorait les *gens*. Les gens ordinaires, à deux pattes. Elle aimait les filles de son école et de son cours de danse ; elle aimait les gens qu'elle rencontrait à la piscine, au supermarché ou à la bibliothèque. En général, quand vous aimez les gens, ils vous le rendent, aussi Madlyn était-elle si souvent conviée à des fêtes et autres pyjama-parties que si elle avait accepté toutes les invitations, elle n'aurait jamais passé une seule nuit à la maison. Elle était très jolie, avec ses cheveux blonds soyeux et ses yeux bleu clair, et elle avait un rire éclatant – le genre de rire communicatif qui vous fait penser qu'être en vie, c'est une sacrément bonne idée.

Son frère Rollo, qui avait deux ans de moins, était complètement différent. Il n'avait rien contre les humains, mais ses véritables amis vivaient sous des pierres, entre les poutres du toit de l'église ou enfouis dans des tas de terre au parc municipal. Lorsqu'il écrivait une carte d'anniversaire, il était plus probable qu'elle soit adressée à son scinque à queue tronquée qu'à un garçon de sa classe.

Le scinque ne lui appartenait pas à proprement parler – il vivait au zoo de Londres – mais Rollo l'avait adopté. Le zoo offre un excellent programme de parrainage qui permet aux enfants d'adopter un animal de leur choix ; pour ses six ans, les parents de Rollo l'avaient donc emmené au zoo pour qu'il choisisse une bête qui lui plaise.

Les animaux mignons et câlins comme les wombats, les galagos et les opossums duveteux croulaient sous les listes d'attente d'enfants désirant les adopter mais Rollo, quant à lui, avait toujours aimé les lézards : lorsqu'il croisa le regard de Courtaud, qu'il vit s'agiter sa langue bleu myrtille, il sut tout de suite que cette créature lui était destinée.

Les enfants habitaient un appartement en rez-de-chaussée dans un quartier agréable du sud de Londres. Leurs parents étaient drôles, intelligents et sympathiques, mais ils avaient tous les deux un métier stressant qui leur valait parfois de se mettre dans tous leurs états. Mme Hamilton dirigeait un théâtre expérimental qui montait des pièces intéressantes mais qui était en permanence à court d'argent, tandis que M. Hamilton était décorateur et devait trouver de bonnes idées pour les gens qui ne savaient pas quoi faire de leur maison.

Ils travaillaient beaucoup tous les deux et ne savaient jamais à quelle heure ils rentreraient à la maison, si bien qu'à l'époque où Rollo était bébé et où Madlyn venait de commencer l'école, la vie avait été plutôt compliquée. Par la suite, quand Madlyn avait grandi, tout s'était simplifié. Elle avait beau adorer les fêtes, la mode et les balades entre amis, c'était une fille raisonnable et dotée de sens pratique, aussi ne tarda-t-elle pas à prendre en main la bonne marche de la maison. Elle laissait des petits mots à sa mère pour lui rappeler de passer chercher le manteau de Rollo chez le teinturier et de prendre rendez-vous chez le dentiste ; elle téléphonait à son père au bureau et prévenait sa secrétaire qu'un monsieur de Hong Kong venu le voir mangeait des beignets à la cuisine. Et, presque tous les matins, elle dénichait les clés de la voiture que ses parents avaient égarées.

Avant tout, elle veillait à ce que Rollo ait ce dont il avait besoin, ce qui n'était pas forcément la même chose que les autres garçons. Elle le calmait quand des imbéciles lui demandaient des nouvelles de son singe au lieu de son scinque, elle empêchait la femme de ménage de jeter les escargots qu'il gardait dans un bocal sous son lit et, quand il faisait un cauchemar, il la trouvait à ses côtés. Ce n'était pas simplement qu'elle l'aimait – elle l'aimait, bien sûr –, ça allait plus loin. On aurait dit qu'elle pouvait se mettre parfaitement à sa place. Quant à Rollo, la première chose qu'il faisait en franchissant la porte d'entrée de la maison consistait à chercher Madlyn ; si elle était là, il poussait un petit soupir de satisfaction et partait vivre sa vie dans sa chambre.

Quand tout marche normalement, il est difficile

d'imaginer que les choses puissent changer. Pourtant, au début du dernier trimestre scolaire, alors que Madlyn avait onze ans, M. Hamilton fut invité par une université américaine à venir passer deux mois à New York. Il y créerait un cours destiné aux personnes qui souhaitaient monter leur propre entreprise de décoration. Une chambre était disponible à l'université pour sa femme et lui, mais aucune allusion n'était faite aux enfants.

– Nous ne pouvons pas les laisser, dit M. Hamilton.

– Et nous ne pouvons pas les emmener non plus, enchaîna Mme Hamilton.

– Alors nous allons devoir refuser.

– Oui.

Cependant, les Américains offraient beaucoup d'argent, la voiture faisait des bruits horribles, les factures ne cessaient de pleuvoir dans la boîte aux lettres...

– À moins qu'on ne les envoie à la campagne, suggéra Mme Hamilton. Ils devraient aller à la campagne. C'est bon pour les enfants.

– Où à la campagne ? demanda son mari. Où veux-tu qu'on les envoie pour deux mois entiers ?

– À côté de l'Écosse. À Griffstone. Chez Oncle George au château de Griffstone. Ça fait longtemps que je veux les emmener là-bas, mais...

Ce qu'elle entendait par ce « mais », c'était que l'Oncle George habitait dans le coin le plus sinistre et le plus froid d'Angleterre et que c'était un vieux monsieur terriblement grognon.

– Il faut voir ce qu'en pense Madlyn, conclut M. Hamilton.

Lorsqu'ils soumirent le problème à Madlyn, elle sut tout de suite ce qu'elle en pensait. Elle pensait : *Non*. Elle avait quatre invitations à des fêtes, l'école organisait une sortie au ballet et on lui avait confié le rôle d'Alice dans le spectacle de fin d'année, *Alice au pays des merveilles*. Qui plus est, si elle en croyait les conversations surprises entre ses parents, le château de l'Oncle George n'était pas de ceux qu'on voyait dans les dessins animés, foisonnants de tourelles scintillantes et de princes charmants. Non, il appartenait plutôt à l'autre catégorie : ceux dont on vous parlait en cours d'histoire, qui étaient flanqués de douves et de murs d'enceinte, voire de rats.

– Je devrais y porter des bottes en caoutchouc toute la journée, bougonna-t-elle, et j'en ai pas.

Rollo était allongé par terre et dessinait un tapir malais, le voisin de son scinque, au zoo. Il leva la tête :

– Moi j'en ai. J'ai des bottes en caoutchouc.

M. et Mme Hamilton gardaient le silence.

Un très long silence.

Mais Madlyn avait bon cœur, c'était le genre de personne qui voulait que les autres soient heureux. Ce n'est pas de chance d'être si généreuse, mais on ne peut rien y faire.

– Oh bon d'accord, finit-elle par dire. Mais je veux des bottes dignes de ce nom, vertes, plus un vrai ciré de marin avec le chapeau assorti, un pull irlandais, une torche électrique à trois couleurs...

Car Madlyn était aussi quelqu'un à qui une séance de shopping remontait toujours le moral.

Chapitre deux

Sir George se réveillait de bonne heure le samedi matin parce que c'était le jour où le château était ouvert au public et il y avait beaucoup à faire.

Il extirpa ses jambes rouillées du lit à baldaquin, lequel était calé pour ne pas tomber, puis se rendit paresseusement à la salle de bain. Il n'y avait pas d'eau chaude, mais il en avait l'habitude ; la chaudière était presque aussi vieille que Sir George, et Griffstone n'était pas un endroit pour les personnes douillettes.

Il ne mit pas longtemps à se préparer. Ses cheveux étaient si clairsemés qu'il aurait été dangereux de les brosser, aussi se contenta-t-il de passer délicatement le peigne dans ceux qui lui restaient. Puis il enfila son caleçon long en laine et le costume en tweed jaune moutarde qu'il portait été comme hiver. Mais aujourd'hui, comme c'était la Journée portes ouvertes, il mit aussi une cravate. C'était une cravate de son ancien régiment, car Sir George avait fait toute la guerre dans l'armée et il en était revenu avec une blessure à la jambe qui le faisait encore boiter.

Bon, faut y aller ! s'intima-t-il. Là-dessus, il se dirigea vers le manteau de la cheminée pour prendre son trousseau de clés qui était rangé dans une boîte, sous un tableau représentant un grand taureau blanc. À une époque, les murs de la chambre de Sir George étaient tapissés de tableaux de valeur, mais ils avaient tous été vendus et il ne restait plus que le taureau. Sir George descendit ouvrir les portes du musée, de la salle d'armes et des oubliettes : les visiteurs devaient en avoir pour leur argent.

Mlle Emily, la sœur de Sir George, se réveillait elle aussi de bonne heure pour les Journées portes ouvertes et elle enroulait sa tresse de cheveux gris sur sa tête plus soigneusement que d'habitude. Elle mettait ensuite la longue jupe en laine marron qu'elle s'était tricotée elle-même. Comme elle la portait depuis de nombreuses années, la jupe avait fini par prendre les contours de son derrière, ce qui n'était pas du tout désagréable à voir. Aujourd'hui, comme c'était une Journée portes ouvertes, elle noua en prime un foulard autour de son cou. C'était un de ces foulards en mousseline de soie tout chétifs qui ont l'air sous-alimentés, mais Emily l'adorait. Elle l'avait trouvé derrière un coussin du canapé alors qu'elle déplaçait un nid de mulots qui avaient décidé d'y fonder une famille, et la légère odeur de souris dont il était imprégné ne la gênait pas le moins du monde.

Ensuite elle prit ses clés, qui étaient elles aussi rangées sur le manteau de la cheminée, non pas sous l'œil d'un taureau mais sous celui d'une vache. Comme son frère

George, Emily avait dormi jadis dans une chambre regorgeant de tableaux de valeur, dont il ne restait plus aujourd'hui que la vache.

Le troisième membre de la famille ne sortait jamais de sa chambre lors des Journées portes ouvertes : il s'agissait d'Howard Percival, le cousin de Sir George et Mlle Emily. C'était un homme d'une cinquantaine d'années à la moustache grisonnante, tellement timide que s'il apercevait un être humain qu'il ne connaissait pas depuis au moins vingt ans, il courait s'enfermer dans sa chambre.

Emily avait toujours espéré qu'Howard se décide un jour à mettre la main à la pâte, il aurait pu faire tant de choses qui auraient intéressé les visiteurs, mais elle savait qu'il ne servait à rien de le lui demander. Lorsque la timidité atteint un degré très élevé, cela devient une maladie. Elle se contenta donc de frapper à sa porte pour lui dire que la journée avait commencé, puis elle descendit à la cuisine. Mme Grove, qui venait du village leur donner un coup de main, y préparait le petit déjeuner.

– Rien à tirer de monsieur Howard, alors ? s'enquit cette dernière.

Emily secoua la tête en soupirant :

– Il a poussé son verrou.

Le visage rond et bienveillant de Mme Grove prit une expression contrariée. À son avis, Sir George et Mlle Emily auraient dû être plus sévères envers leur cousin. Dans la mesure où tout le monde travaillait si dur pour les Journées portes ouvertes, il pouvait bien y mettre un peu du sien lui aussi. Mais elle dit simplement :

– Je vais mettre le café à chauffer.

Emily acquiesça et alla dans l'office passer en revue les trésors qu'elle avait fabriqués pour la boutique de cadeaux.

Les gens qui paient pour visiter des châteaux aiment bien pouvoir acheter un petit souvenir, et Emily avait fait de son mieux. Elle avait confectionné trois sachets avec de la mousseline (de la gaze à pansements) et les avait remplis de têtes de lavande cueillies au jardin. L'un d'eux fuyait un peu mais les deux autres étaient intacts, et comme jusqu'à présent personne n'en avait acheté, il y aurait sans doute assez de sachets pour la journée. Elle avait préparé deux bols de pétales de roses séchés : on appelait ça un pot-pourri. Le problème, c'était qu'il était difficile de sécher correctement quoi que ce soit au château, qui était tout le temps humide, à l'intérieur comme à l'extérieur ; aussi les pétales avaient-ils moisi sous la surface. Ensuite, Emily emballa les *scones* qu'elle avait confectionnés dans des pochettes en plastique et y colla de petites étiquettes qui disaient « Fait maison au fournil de Griffstone », ce qui était la stricte vérité. Elle les avait préparés elle-même la veille et les avait fait cuire dans le vieux fourneau de la cuisine. Ils n'étaient pas vraiment brûlés. Un peu foncés sur les bords, peut-être, mais pas véritablement *brûlés*.

L'important était de ne pas se décourager ; Emily le savait, mais un bref instant, elle se sentit triste et abattue. Elle avait beau se donner un mal de chien, elle n'ignorait pas que jamais, au grand jamais, sa boutique de souvenirs ne serait à la hauteur de celle des Hauts de Trembellow. Celle-ci était plus spacieuse. On y vendait des sets de table arborant les armoiries des Trembellow, des animaux en peluche qui venaient de *Harrods*[1], des livres de poèmes sur la nature et des torchons brodés. Et à Trembellow, juste à côté de la boutique de souvenirs, on trouvait un salon de thé avec de vraies serveuses et de la musique d'ambiance.

Pas étonnant que les gens prennent à gauche à la Fourche de Brampeth et se dirigent vers Trembellow au lieu de Griffstone. Mais ça semblait tellement injuste, parce que les propriétaires de Trembellow n'avaient pas *besoin* d'argent, ils en avaient juste *envie*, ce qui n'est pas du tout la même chose.

Elle y arriverait, se répétait pourtant Emily, elle ne céderait pas au désespoir. Elle avait sans arrêt de bonnes idées. Pas plus tard que la veille, elle avait trouvé de vieilles pelotes de laine dans un sac à linge oublié et elle prévoyait de tricoter des gants et des mitaines. Les mites s'étaient attaquées à certaines pelotes, mais il en restait bien assez.

Pendant ce temps, Sir George ouvrait les pièces pour la visite. C'était un homme très réservé, aussi lui en coûtait-il de voir des inconnus déambuler dans sa maison en faisant des commentaires à voix haute, commentaires

1. Célèbre grand magasin de Londres (N. d. T.).

souvent plutôt grossiers de surcroît. Mais à partir du moment où Sir George avait décidé d'ouvrir son château au public, il avait travaillé dur pour que les visiteurs soient satisfaits.

Il avait donc rempli la salle de billard de toutes sortes d'objets – l'ancienne machine à coudre de sa grand-mère, un cheval à bascule avec une patte cassée, une caisse de galets qu'il avait ramassés sur la plage quand il était petit – et il avait cloué un grand panneau « Musée » sur la porte.

En bas, dans la cave, il avait réuni un ensemble de vieux bidules qui avaient très bien pu servir autrefois d'instruments de torture : des essoreuses rouillées qui tordaient les bras des domestiques de la buanderie quand elles actionnaient la manivelle, des bassines énormes où elles pouvaient se noyer, des lessiveuses bouillantes qui pouvaient facilement causer des brûlures mortelles. Il avait affiché « Oubliettes » sur la porte et il avait également constitué une salle d'armes dans laquelle il exposait son fusil de soldat, l'arc et les flèches de son enfance ainsi que diverses piques, hallebardes et autres haches glanées çà et là dans le château.

Mais lui aussi, tandis qu'il redressait les pancartes « Danger » placées sur les lattes de plancher pourries, devait veiller à ne pas se laisser décourager. Car il savait que pour chaque voiture qui venait à Griffstone, une dizaine si ce n'est plus se rendaient à Trembellow. Et il ne pouvait guère s'en étonner. Trembellow avait de vraies oubliettes avec des carcans de fer et des roues sur lesquelles jadis des suppliciés, écartelés, étaient morts dans d'horribles souffrances. Le musée de Trembellow renfermait des bagues précieuses. Sa salle d'armes contenait un attirail qui avait appartenu à Charles Ier. Et le propriétaire de Trembellow était aussi riche que Sir George était pauvre.

À dix heures, la sœur de Mme Grove, Sheila, apporta un sac marin plein de babioles que les habitants du village envoyaient pour le musée et la boutique. La postière avait rangé son grenier et retrouvé le vieil étui en carton bouilli du masque à gaz de son grand-père. Et M. Jones avait fabriqué un nouveau puzzle.

M. Jones était le sacristain à la retraite et il s'était mis au découpage. Il fabriquait des puzzles en collant des images sur des panneaux de contreplaqué qu'il sciait en formes alambiquées et, très gentiment, il les donnait à vendre à Mlle Emily. Cette fois, l'image représentait deux courges et une citrouille, qu'il était arrivé à découper en pas moins de vingt-sept pièces.

Ensuite, Mme Grove et sa sœur dressèrent la table pliante, sortirent le rouleau de tickets et la soucoupe pour la monnaie, disposèrent les fascicules retraçant l'histoire du château qu'avait écrits Sir George, et la Journée portes ouvertes commença.

Elle ne se déroula pas bien. À l'heure du déjeuner, dix personnes seulement étaient venues et il y avait eu un incident fâcheux : Emily avait laissé ouvert la porte de sa chambre et une famille avec deux petits garçons y était entrée ; les garçons avaient examiné sa chemise de nuit en croyant qu'elle avait appartenu à la reine Victoria. Aucun sachet de lavande ne se vendit et un monsieur rougeaud rapporta le puzzle qu'il avait acheté la semaine précédente : les pièces s'assemblaient mal, il voulait être remboursé ! Ce n'est que lorsque les visiteurs sortirent du château pour se promener que Sir George et sa sœur purent enfin souffler.

Mais ce jour-là, leur moment de détente ne dura pas longtemps, car le facteur apporta une lettre des plus perturbantes. Elle était de leur nièce, Patricia Hamilton, qui leur demandait s'ils pouvaient recevoir Madlyn et Rollo pendant les deux mois d'été.

Les parents s'excusaient ; ils n'aimaient pas solliciter un tel service, mais si jamais c'était possible, ce serait merveilleux pour les enfants.

– Des enfants ! s'exclama Sir George en se renfonçant dans son fauteuil.

Sa voix était lugubre, comme s'il disait plutôt : « La variole ! » ou « Un naufrage ! »

– Oh, mon Dieu, des enfants, répéta Emily. Je trouve que les enfants sont une source de préoccupation, vraiment. Surtout quand ils sont petits.

– Les enfants sont petits, en général, ronchonna Sir George. Sinon ce ne seraient pas des enfants.

Emily allait dire que, de nos jours, certains enfants sont très grands parce qu'ils se nourrissent mal – elle avait lu un article là-dessus dans le journal – mais elle s'abstint.

– Tu crois qu'ils pousseront des cris et que... qu'ils joueront de vilains tours ? s'inquiéta-t-elle. Tu sais, comme de tendre une ficelle en travers de l'escalier ou de faire les lits en portefeuille ?

Sir George regardait par la fenêtre en fronçant les sourcils.

– Si jamais ils lancent des pétards et font peur aux animaux, je devrai les corriger, dit-il.

Mais la pensée de corriger des enfants était des plus alarmantes. Il fallait d'abord les attraper, ensuite les retourner... or les articulations de Sir George lui donnaient déjà du fil à retordre rien que pour se lever de sa chaise. Et si c'était le genre d'enfants qui *gigotent* ?

– Ils ont été élevés en ville, poursuivit-il d'un ton désapprobateur. Le garçon jouera sans doute à la voiture et passera son temps à faire « Vroum-vroum ».

– Et la fille aura des petites chaussures fines et un sac à main.

Un silence morose s'abattit dans la pièce. Et puis Emily reprit la parole :

– Ça ne va pas plaire au Cousin Howard.

– Non, renchérit Sir George. Ça ne va pas plaire du

tout au Cousin Howard. Mais ces enfants font partie de la famille. Patricia est ma nièce. Ils ont du sang Percival.

Emily hocha la tête. La famille, c'est la famille, et les liens du sang ne se discutent pas. Le lendemain, ils répondirent donc que Madlyn et Rollo étaient les bienvenus à Griffstone pour tout l'été.

Chapitre trois

Madlyn, plantée au milieu de la cour, contemplait les tours et les remparts.

– Le pauvre, murmura-t-elle.

« Le pauvre » n'est pas ce que les gens disent d'un château, d'ordinaire, mais Madlyn avait raison : Griffstone avait triste mine. Des plaques de lichen, des vertes, des jaunes et des violettes, recouvraient les marches du perron de l'entrée principale. La statue d'un chevalier en armure avait perdu son nez, et les canons de part et d'autre de la porte étaient entièrement rouillés.

Quant aux deux personnes âgées qui descendaient les marches pour venir à leur rencontre, elles avaient elles aussi plutôt triste mine. Sir George s'était penché pour leur serrer la main, mais rien ne semblait garantir qu'il pourrait se redresser. L'ourlet de la jupe d'Emily pendouillait et ses yeux embués semblaient inquiets.

Les enfants avaient fait le voyage avec l'ancienne nounou de Rollo, une dame affectueuse et bien en chair qui répondait au prénom de Katya. Elle adorait les enfants et l'Angleterre, mais n'éprouvait pas un grand intérêt pour la langue anglaise, qu'elle parlait bizarrement ou pas du tout.

– Ça là Madlyn, ça là Rollo, présenta-t-elle, avant d'ajouter en se frappant la poitrine : Ça là Katya.

Maintenant que les enfants étaient là, Sir George devait bien avouer qu'ils ne paraissaient pas dangereux. Madlyn était très jolie, Rollo était tout petit et la dame qui les avait amenés repartait le lendemain pour Londres.

Les enfants suivirent Tante Emily dans l'escalier de pierre, puis le long du couloir qui menait à leurs chambres. C'est alors qu'une silhouette en longue robe de chambre surgit brusquement devant eux. Ils s'arrêtèrent, prêts à saluer le nouveau venu, mais quand il les aperçut, l'homme fit abruptement volte-face et détala.

– Oh, mon Dieu, soupira Tante Emily dès qu'il eut disparu. J'espérais tellement qu'il vous dise bonsoir. C'est quelqu'un de très poli, en réalité, mais il est terriblement timide.

– Qui est-ce ? demanda Madlyn.

– Le Cousin Howard. Il a beaucoup de mal à faire connaissance avec de nouvelles personnes, mais comme vous faites partie de la famille, j'espérais... Ça ne fait rien, je suis sûre que quand il vous connaîtra mieux... Ah, voilà vos chambres.

Leurs chambres se situaient dans l'aile la plus récente du château – trois cents ans seulement. Comme elles étaient reliées par une porte de communication, et que la chambre de Katya se trouvait juste de l'autre côté du couloir, ils dormirent d'un sommeil tranquille et se réveillèrent tôt le lendemain matin, prêts à explorer les lieux.

Tante Emily était déjà à la cuisine en compagnie de Mme Grove qui arrivait toujours de bonne heure du village.

Mme Grove plut d'emblée à Madlyn ; elle était chaleureuse et pleine de bon sens, et quand Rollo déclara qu'il n'aimait pas le porridge, la discussion s'arrêta là. Elle n'en fit pas toute une histoire et n'essaya pas non plus de le faire changer d'avis. Puis, quand Madlyn expliqua que tous les matins de sa vie, Rollo petit-déjeunait de mouillettes de pain grillé avec de la *Marmite* [1], elle trouva cela parfaitement normal.

– Ned mangeait du beurre de cacahuètes tous les jours quand il était petit, et il est bien assez costaud aujourd'hui.

– Qui est Ned ? demanda Madlyn.

– C'est mon fils. Il est quelque part par là, il vient me donner un coup de main quand il n'a pas école.

– Quel âge a-t-il ? voulut savoir Madlyn.

– Il a onze ans.

Après le petit déjeuner, ils dirent au revoir à Katya, puis ils entreprirent d'explorer le château, qu'ils jugèrent très intéressant bien que plutôt froid et humide.

---

1. Pâte à tartiner aux légumes et à la levure de bière, très salée et très bonne pour la santé, dont les Britanniques raffolent (N. d. T.).

Le musée en particulier intéressa Madlyn. Il ne ressemblait pas beaucoup aux musées de Londres, mais il avait quelque chose de très... personnel. Dans les musées de Londres, on ne voyait jamais de cheval à bascule avec des pattes en moins, de canards empaillés qui s'étaient étouffés en avalant une épinoche, ni de colliers de chien ayant appartenu à des Jack Russel qui savaient grimper aux arbres. Madlyn y découvrit également un jeu de brosses pour le nettoyage des cornemuses du Northumberland, ainsi qu'une espèce de machin rond et brunâtre enveloppé d'une peau difficile à identifier, « Le Hoggart de Griffstone ». Exposé sur une table à lui tout seul, c'était manifestement une pièce de valeur, mais ils n'avaient aucune idée de ce que ça pouvait être.

Rollo, bien sûr, adora les oubliettes. Il vit tout de suite que les vieilles lessiveuses avaient très bien pu servir également d'instruments de torture – et dans un coin, il dénicha deux gros cafards dont les élytres brun chocolat brillaient du plus bel éclat dans la lumière de fin d'après-midi.

Après avoir exploré toutes les pièces, ils retournèrent voir Mme Grove.

– Je ne trouve pas la télévision, remarqua Madlyn.

– Il n'y en a pas, ma chérie. Sir George ne veut pas de télé dans sa maison. Il n'y a pas d'ordinateur non plus.

Madlyn essaya de digérer la nouvelle. Une maison sans télévision ? !

– Demain après-midi, il y a mon émission préférée. Et Rollo regarde ses émissions sur les animaux.

– Vous pouvez venir les regarder chez moi, suggéra Mme Grove. Le village n'est qu'à cinq minutes à pied d'ici, par la route. Ned te montrera.

Madlyn la remercia et quitta la cuisine. Elle entendait quelqu'un passer l'aspirateur sur un des paliers d'en haut, mais quand elle s'approcha, le bruit s'interrompit et quand elle alla voir de plus près, il n'y avait plus personne.

Selon l'idée de départ, Tante Emily devait s'occuper de Madlyn et de son frère avec l'aide, si nécessaire, de Mme Grove, mais il s'avéra vite que c'était l'inverse qui allait se produire.

Autant que Madlyn pût en juger, Tante Emily avait besoin d'aide, et grand besoin.

Elle avait besoin d'aide pour sa coiffure, qui faisait penser à un ver de terre gris qui se serait posé par mégarde sur sa tête avant de trépasser ; elle avait besoin d'aide pour sa tenue, d'autant qu'elle ne savait plus très bien ce qu'elle avait dans ses tiroirs... et elle avait indubitablement besoin d'aide pour les articles qu'elle tricotait pour la boutique de souvenirs.

Tante Emily adorait tricoter, mais, malheureusement, ce n'est pas parce qu'on adore faire quelque chose qu'on le fait bien, et Madlyn n'était pas étonnée que ses gants se vendent mal. Après tout, la plupart des gens ont cinq doigts à chaque main ; c'est une réalité incontournable.

– Et le crochet, Tante Emily ? lança Madlyn. On

pourrait faire des sets de table et des napperons ; c'est facile, il suffit d'aller toujours en rond.

Tante Emily trouva que c'était une bonne idée et elle montra à Madlyn le couvre-théière en patchwork qu'elle était en train de faire.

– Tu crois que les gens s'en rendront compte si je mets des petits bouts du pyjama de George ? Je veux dire, un pyjama, ce n'est pas vraiment des... sous-vêtements, si ? Et puis, il n'est pas à *rayures*. Et ce n'est pas du pilou. Du pilou à rayures, ça n'irait pas du tout, je le sais.

Les jours qui suivirent, Madlyn fut plus occupée que jamais et elle en était contente, car ses parents lui manquaient bien davantage qu'elle n'aurait imaginé. Elle recousit les sachets de lavande qui fuyaient, elle retourna le pot-pourri pour l'empêcher de moisir et elle confectionna avec Mme Grove des caramels mous pour les vendre aux visiteurs dans de jolis sachets. Quand Sir George découvrit qu'elle avait une écriture fine et soignée, il lui demanda de refaire les étiquettes du musée. Elle eut même le droit de faire une nouvelle étiquette pour le Hoggart de Griffstone.

– C'est quoi, un Hoggart, au juste, Oncle George ? s'étaient enquis les enfants au déjeuner, dès leur arrivée.

– Un Hoggart ? avait répété l'Oncle George, l'air perdu.

– Oui. Le Hoggart de Griffstone, au musée. On n'en avait jamais vu avant.

– Non ?... Eh bien... (Oncle George avait bu une gorgée d'eau.) Nous pensons qu'il pourrait s'agir... (Il s'était alors tourné vers sa sœur.) Explique-leur, toi.

– Nous l'avons trouvé dans un vieux coffre, avait dit Emily. C'était juste marqué « Hoggart », et bien sûr il a été trouvé ici, donc c'est un « Hoggart de Griffstone ». Mais nous ne savons pas exactement... Le Cousin Howard fait des recherches.

Si le Cousin Howard s'employait à découvrir ce qu'était un Hoggart, c'était bien la seule chose qu'il faisait. Il s'enfuyait toujours à la vue des enfants, il ne descendait pas pour les repas, il ne parlait jamais. Sa chambre et sa bibliothèque semblaient constituer la totalité de son univers.

Quant à Rollo, il donnait un coup de main lui aussi, mais à sa façon. À certains endroits du parc, s'il restait assis sans bouger, venaient le regarder des écureuils roux, des campagnols et parfois même une renarde et ses petits. Il y avait une tanière de blaireau près de la rivière et, sous les pierres entre les arbustes, tout un monde fascinant de coléoptères et de mille-pattes aussi féroces que minuscules.

Ce que Rollo aimait particulièrement, à Griffstone, c'était qu'il n'y avait pas grande différence entre l'intérieur et l'extérieur du château. À Londres, il fallait aller dehors pour voir des animaux, mais ici on trouvait des souris entre les coussins du canapé, des crottes de chouette au grenier et, à l'office, des hérissons qui faisaient du raffut en cherchant leurs soucoupes de lait.

Et Rollo avait beau savoir qu'il valait mieux laisser les animaux tranquilles, il prépara pour le musée quelque chose qu'il pensait susceptible d'intéresser les visiteurs : un carton à chaussures dans lequel des chenilles de sphinx de nuit rampaient en dévorant des feuilles de peuplier.

Les enfants étaient arrivés un lundi mais, même si la prochaine Journée portes ouvertes n'était que le samedi suivant, Madlyn voyait bien la somme de travail que ça représentait pour tout le monde. Il n'y avait pas que les sachets de lavande et les *scones* à préparer : il fallait nettoyer les pièces, accrocher les panneaux, vérifier qu'il n'y ait pas de nids-de-poule au parking et ôter les toiles d'araignées des toilettes. Oncle George et Tante Emily assuraient une grande partie de ces tâches, mais ils auraient été perdus sans Mme Grove.

Et Mme Grove avait une petite main qui l'aidait gratuitement. C'était Ned.

Les premiers jours, Madlyn avait souvent entendu l'aspirateur, pourtant, chaque fois qu'elle montait voir, le bruit s'arrêtait et elle ne rencontrait personne.

Elle supporta ça le plus longtemps qu'elle put. Et puis, le troisième jour, elle estima qu'elle en avait assez.

– Je sais que tu es là-haut, cria-t-elle depuis le bas de l'escalier, et je pense que tu es malpoli et affreux et pas sympa de continuer à te cacher comme ça.

Le bruit de l'aspirateur se poursuivit quelques instants. Puis il se tut, et un garçon descendit l'escalier. Il avait des yeux très bleus et des cheveux poil de carotte.

Madlyn sentit aussitôt qu'elle venait de trouver un ami. Il n'empêche, elle décida de rester vexée encore un peu.

– C'est blessant pour les gens quand on les évite, déclara-t-elle très sérieusement.

Ned descendit les dernières marches pour arriver à sa hauteur.

– Je ne savais pas comment tu serais. Tu aurais pu être comme l'Honorable Olive.

– Qui est l'Honorable Olive ?

– C'est une fille horrible. Abominable. Elle habite à Trembellow et elle a l'air d'un cornichon, tout aigre et vinaigré – ce qui ne l'empêche pas d'être snob par-dessus le marché.

– Ben moi, je ne suis pas snob et je ne suis pas un cornichon.

– Non, reconnut Ned, qui n'avait jamais vu une fille qui ressemble moins à un cornichon.

– Qu'est-ce qui lui vaut d'être l'Honorable Olive ?

– Son père est Lord. Il n'avait pas de titre avant, c'était juste un gars ordinaire, mais il s'est lancé dans la fabrication de ces cônes de circulation qu'on met partout sur les autoroutes, pour dire aux gens qu'ils ne peuvent pas aller là ou là. Il en a fabriqué des millions, il est devenu très riche, il a reçu le titre de Lord et il a acheté les Hauts de Trembellow.

– Ah, fit Madlyn. Je vois.

Madlyn n'avait passé que quelques jours à Griffstone, mais elle avait déjà entendu parler des Hauts de Trembellow.

– Vous pourriez venir chez moi cet après-midi si vous voulez, proposa Ned. Il y a une émission sur les baleines pour ton frère. Et tu pourrais envoyer un e-mail à tes parents.

Le visage de Madlyn s'éclaira. S'il y avait bien une chose qu'elle souhaitait plus que toute autre c'était de contacter ses parents, et elle comprit qu'elle avait vu juste pour Ned. Il allait être un véritable ami.

Les enfants se sentirent tout de suite à l'aise dans la petite maison de Mme Grove. C'était un pavillon moderne, avec seulement trois chambres et un jardin minuscule, et il était merveilleusement bien chauffé, propre et confortable. La télé marmonnait gentiment dans son coin, des géraniums décoraient les rebords de fenêtre, et de la cuisine venaient d'agréables effluves de *scones* pas brûlés et de biscuits aux flocons d'avoine.

Le mari de Mme Grove était mort deux ans plus tôt dans un accident, quand un voyou ivre au volant d'une Jaguar avait percuté son camion de livraison, mais si elle était triste, elle gardait sa tristesse pour elle – et il lui restait Ned.

Pendant que Rollo regardait le programme sur les baleines, Madlyn écrivit un message à ses parents et ils eurent de la chance : le temps qu'ils finissent leur goûter, la réponse arriva, disant que tout allait bien.

À leur retour à Griffstone, ils trouvèrent Tante Emily

en train de briquer la cuisinière. Elle avait une traînée de suie sur le nez, et sa tresse se défaisait.

– C'est une petite maison adorable, n'est-ce pas ? dit-elle avec une pointe de nostalgie quand ils lui racontèrent leur après-midi. J'ai toujours eu envie d'habiter une maison comme ça. Pas d'escalier à monter ; tu tournes un bouton et le gaz s'allume.

– Mais pourquoi pas, Tante Emily ? demanda Madlyn. Y a-t-il quelque chose qui vous oblige à rester ici ?

Tante Emily soupira.

– J'ai bien peur que oui. (Elle se frotta le nez, étalant la suie encore davantage.) Il faut faire son devoir.

Il n'y avait plus que deux jours avant la Journée portes ouvertes. M. Jones avait envoyé un nouveau puzzle : un conseiller municipal prononçant un discours, debout sur une estrade. Tante Emily veilla jusqu'à minuit pour finir le couvre-théière. Quant à Madlyn, elle vaporisa du déodorant dans les toilettes et disposa un bouquet de fleurs des champs sur la table de l'entrée.

Mais au matin du fameux jour, Sir George descendit des remparts, le télescope à la main et la mine lugubre.

– Des flots de voitures pour Trembellow, annonça-t-il. Des dizaines et des dizaines. Pratiquement aucune qui vienne par ici.

Sir George avait raison. À onze heures, quatre personnes seulement avaient acheté des tickets et gravi les marches du château.

Madlyn était assise à côté de Mme Grove à la table où elle vendait les tickets, prête à l'aider à rendre la monnaie ou à distribuer les prospectus. Elle remplaçait la sœur de Mme Grove qui travaillait maintenant à mi-temps dans un magasin du village.

Au bout d'un moment, alors que la grande horloge de la cour égrenait les minutes, Madlyn se tourna vers Mme Grove et lui demanda :

– Madame Grove, pourquoi est-ce si important que des gens viennent visiter le château ? Oncle George ne pourrait-il pas le vendre et habiter dans un pavillon avec Tante Emily ? Comme ça, ils auraient besoin de beaucoup moins d'argent.

Mme Grove la regarda :

– Ah, ma grande, mais ce n'est pas pour le château qu'ils ont besoin d'argent, ni pour eux. Je n'ai jamais rencontré deux personnes qui dépensent aussi peu.

– Ben alors, c'est pour quoi faire ? Pourquoi ont-ils besoin de cet argent ? Pourquoi l'argent est-il si important ?

Mme Grove tapota la main de Madlyn.

– Je croyais que tu savais. C'est pour les vaches. C'est pour les vaches qu'ils en ont besoin. Tout est pour les vaches, ici à Griffstone.

Chapitre quatre

Ce n'est que le lendemain que Madlyn comprit vraiment le sens des paroles de Mme Grove car, le lendemain, Rollo et elle franchirent les grilles du parc de Griffstone.

Quand Sir George s'arrêta pour sortir une grande clé de fer et aller ouvrir le cadenas du parc, Madlyn eut l'impression de voir son grand-oncle changer sous ses yeux. Il paraissait soudain plus grand et moins voûté, moins fatigué, comme s'il savait que ce qu'il s'apprêtait à leur montrer était sans pareil.

La vieille Land Rover avança, les grilles du haut mur de pierre se refermèrent derrière eux et il leur sembla alors pénétrer dans un paradis. Seul le chant des courlis venait troubler le silence ; les arbres, groupés en bosquets feuillus, donnaient l'impression d'être là depuis la nuit des temps ; le ruisseau qu'ils longeaient était aussi limpide et propre qu'avaient dû l'être jadis les rivières de l'Éden. Comme aucun produit chimique d'aucune sorte n'était autorisé dans le parc, l'herbe des rives était parsemée de fleurs des champs et les ajoncs scintillaient de boutons jaune d'or.

Ils cahotèrent quelque temps à travers champs, puis passèrent un gué.

– Oh ! s'exclama Rollo.

Sir George hocha la tête.

– Oui, dit-il, les voici.

Il coupa le moteur et, sans un mot, ils contemplèrent ce qu'on ne pouvait voir nulle part ailleurs en Angleterre : le troupeau sauvage du parc de Griffstone.

Madlyn ne s'était jamais intéressée aux vaches. Quand d'aventure elle y pensait, elle se représentait des bêtes à la croupe massive plantées dans leurs étables, flegmatiques et humbles, avec des machines fixées à leurs pis, et qui faisaient « Meuh ».

Mais ces créatures n'étaient pas comme ça. Elles n'étaient pas comme ça du tout.

Elles se tenaient à l'ombre d'un bosquet de chênes et chaque ligne de leurs corps – le port élégant de leurs têtes, les longues pattes des veaux, la force et la fierté des taureaux à larges cornes – exprimait la grâce, l'agilité et la vitesse.

J'étais idiote, songea Madlyn. *Je ne comprenais pas.*

Nul ne savait d'où ces bêtes de légende étaient venues. Certains racontaient qu'un navire espagnol avait fait naufrage sur la côte et que le troupeau avait rejoint le rivage à la nage, puis traversé les collines pour arriver à Griffstone. D'autres prétendaient qu'elles descendaient des aurochs à larges cornes qui avaient jadis peuplé les forêts vierges du Nord. Quelle que soit son origine, le troupeau vivait en toute liberté dans les trois cents hectares du parc de Griffstone depuis aussi longtemps que remontait la mémoire de tout un chacun, et les propriétaires de Griffstone l'avaient toujours protégé.

Ils le protégeaient de loin, cependant, car ces bêtes étaient sauvages comme des loups. Personne ne les trayait ; on ne les rentrait jamais lorsqu'il faisait mauvais ou qu'une vache allait mettre bas ; on ne leur donnait jamais d'aliments pour bovins ni ne les conduisait chez le vétérinaire – d'ailleurs, il aurait pu être dangereux de les examiner, vu qu'elles ne supportaient pas le contact des êtres humains.

Et chacune, sans exception, avait un pelage blanc comme neige.

– Est-ce qu'on peut sortir de la voiture ? demanda Rollo.

– Non. Mais on peut se rapprocher.

Un peu comme dans un safari en Afrique, ils s'avancèrent en roulant doucement, espérant que les vaches ne se sauveraient pas.

– C'étaient les bêtes des anciens druides, dit Sir George.

Et il était facile d'imaginer que ces sages itinérants aient apprécié la valeur d'un pareil troupeau, tant pour la nourriture qu'il fournissait que pour les sacrifices. C'étaient des taureaux blancs que réclamaient les dieux, quand ils avaient soif de sang.

Ils étaient très proches du troupeau, à présent. Ils baissèrent leurs vitres au maximum. Le chef des taureaux les regarda fixement, sans crainte, sachant que rien ne pouvait le menacer. À côté de lui broutait la plus vieille des vaches, qui avait des cicatrices et une corne ratatinée. Deux veaux se donnaient des coups de tête, pour jouer ; un autre tétait au pis de sa mère, qui éloignait les mouches de son petit en agitant la queue. Une autre vache encore était allongée un peu à l'écart, mâchant une salade de plantes vert foncé.

– Ce sont des orties qu'elle mange ? demanda Rollo.

Sir George acquiesça.

– Elles savent ce qui est bon pour elles, en particulier quand elles vont avoir leurs veaux. Celle-ci devrait bientôt mettre bas.

Ils contemplèrent les bêtes en silence. Tout d'un coup, mené par son chef, le troupeau se mit en branle, traversa le gué au galop et grimpa le flanc de la colline.

– C'est notre faute ? s'inquiéta Rollo.

Sir George secoua la tête et pointa du doigt. Un cerf, un mâle couronné de bois, avait surgi d'entre les arbres.

– Elles se sauvent brusquement quand quelque chose les effraie.

Rollo ne prononça pas un mot de tout le trajet de retour, pas un mot non plus une fois rentré au château. Sans rien dire, il grimpa l'escalier principal, puis l'escalier du deuxième étage, puis celui du troisième. Parvenu au dernier étage, il alla de pièce en pièce jusqu'au moment où il dénicha une fenêtre qui donnait sur la colline où paissait le troupeau. Il tira alors une table sous la fenêtre, posa une chaise sur la table, grimpa sur la chaise et plaqua le nez à la vitre.

C'est là que Sir George le trouva, une heure plus tard. Rollo avait le regard rêveur et son nez avait blêmi.

– Est-ce qu'elles sont toujours blanches ? demanda Rollo. Toujours et pour toujours ?

– Oui. Toujours. Cela fait mille ans qu'elles se reproduisent sans aucun croisement avec d'autres espèces.

Rollo hocha la tête.

– Ce sont tes vaches ? reprit-il. Elles t'appartiennent ?

– Elles n'appartiennent qu'à elles-mêmes. Mais je les garde.

Alors Rollo déclara :

– Je vais t'aider.

Chapitre cinq

Le premier samedi du séjour de Madlyn, très exactement douze personnes étaient venues visiter le château de Griffstone.

Et ce même samedi, le nombre de personnes qui s'étaient rendues aux Hauts de Trembellow, à douze kilomètres de distance seulement, s'était élevé à trois cent quatre.

Non que Lord Trembellow ait besoin de compter les gens un par un : il avait installé à l'entrée de la propriété un tourniquet électrique qui transmettait directement à son bureau le nombre de visiteurs. Trembellow était peut-être sa maison, il n'empêche qu'il la dirigeait comme une entreprise.

Il dirigeait tout comme une entreprise, d'ailleurs, sa maison, sa femme, ses enfants et, bien sûr, ses sociétés : l'usine qui fabriquait les cônes de circulation, la compagnie de transport routier, les carrières et les gravières. Il ne s'écoulait guère une heure du jour ou de la nuit sans que l'un de ses camions sillonne telle ou telle route de Grande-Bretagne, qu'une de ses pelleteuses ne creuse le flanc d'une colline ou qu'une de ses bétonnières ne crache du béton.

À sa naissance à Newcastle, Lord Trembellow s'appelait Arthur Ackerley. Son père travaillait sur un des chalands à charbon qui faisaient la navette sur la Tyne ; il y avait sept bouches à nourrir à la maison et Arthur s'en était sorti exceptionnellement bien, alors s'il était content de lui – et il l'était ! – on ne pouvait pas le lui reprocher.

Quand il avait acheté les Hauts de Trembellow, il s'était juré d'en faire le château le plus remarquable, le plus imposant et le plus visité de Grande-Bretagne. Ce n'était pas un bâtiment ancien comme Griffstone ; en fait, il avait l'air d'une énorme verrue de briques rouges qui aurait poussé sur le flanc de la colline. Pourtant, il n'était pas assez grand ni assez tape-à-l'œil au goût de Lord Trembellow, qui y ajouta deux tours, fit creuser un fossé et bâtir un pont-levis. Il fit aussi construire des remparts crénelés sur le toit, installer une pseudo-tribune des ménestrels et agrandir la salle de banquet.

Au musée de Trembellow, il n'y avait pas de canard empaillé qui s'était étouffé en avalant une épinoche, ni d'étui de masque à gaz datant de la guerre. Il y avait des épées, des armures et des selles serties de pierres précieuses, toutes d'une valeur inestimable. Les visiteurs croyaient, bien sûr, que tous ces objets étaient dans la famille depuis des générations alors qu'en réalité,

Neville, le fils aîné de Lord Trembellow, qui était banquier à Londres, les avait acquis à des ventes aux enchères. C'était aussi Neville qui avait acheté les portraits d'ancêtres accrochés aux murs de la salle à manger. Ils n'avaient aucun rapport avec les Trembellow, mais rien ne ressemble plus à un ancêtre qu'un autre ancêtre aussi les gens n'y voyaient-ils que du feu.

À Trembellow, les visiteurs n'étaient pas contraints de parcourir le château tout seuls comme à Griffstone. Des guides professionnels leur faisaient de petits discours dans chaque pièce. De la musique d'ambiance était diffusée dans le salon de thé, et tous les articles de la boutique de souvenirs portaient les armoiries des Trembellow. Quand on reçoit le titre de Lord, on peut acheter des armoiries au Collège héraldique de Londres, et c'est exactement ce qu'avait fait Lord Trembellow.

– Eh bien, mon petit chou à la crème, lança-t-il ce jour-là en entrant dans la salle à manger pour le déjeuner, nous avons battu notre record. Trois cent quatre visiteurs !

Son « petit chou à la crème » était sa fille de dix ans, Olive, et il était difficile d'imaginer quelqu'un qui soit moins chou et aussi peu crème. Elle était maigre et elle avait le teint cireux, la bouche pincée, de minuscules yeux noirs et une machine à calculer à la place du cerveau.

– On fera encore mieux samedi prochain, répliqua-t-elle.

Olive était un grand réconfort pour son père. Elle était petite, mais elle ne faisait pas jeune ; elle avait l'air d'un PDG miniature, se promenant avec un attaché-case même à l'intérieur de la maison, et elle était tellement futée qu'elle aurait pu prendre la direction des affaires de la famille au pied levé.

– J'ai un souci avec une des serveuses du salon de thé, déclara alors Lady Trembellow avec un soupir. Elle a renversé du thé sur les genoux d'une cliente.

– Eh ben vire-la, bon sang, Phyllis ! rétorqua son mari. Tu es bien trop indulgente.

– Oui, maman, renchérit Olive. Tu es beaucoup trop indulgente. Neville est aussi de cet avis.

– Vous avez sans doute raison, dit Lady Trembellow d'une voix triste.

Elle avait été très heureuse dans la modeste maison de Newcastle où ils avaient vécu, Arthur et elle, au début de leur mariage, et assez heureuse dans le pavillon de banlieue où ils avaient ensuite emménagé ; mais habiter dans des maisons de plus en plus grandes ne la rendait pas plus heureuse. Elle faisait énormément d'efforts pour rester en phase avec son mari, qui voulait qu'elle soit jeune et mince. De temps à autre, rien que pour lui faire plaisir, elle allait à Londres consulter un médecin à la mode qui savait embellir les femmes. Lady Trembellow n'ignorait pas que la chirurgie esthétique avait fait des miracles pendant la guerre pour réparer les blessures horribles des soldats, c'est pourquoi elle avait entièrement confiance en ce docteur et faisait tout ce qu'il lui suggérait. Elle s'était fait faire un lifting, retirer de la graisse des cuisses et poser un anneau pour rétrécir l'estomac – mais elle ne se sentait ni plus belle ni plus jeune. Elle avait juste l'impression que tout était très *serré*.

– Je suis sûre qu'on arrivera à trois cent cinquante visiteurs d'ici à la fin du mois, reprit Olive. Et le nombre de visiteurs à Griffstone tombera à dix... puis à cinq... puis à zéro !

– Tu as raison, ma colombe, dit son père avec affection. Nous allons les réduire à la faillite, eux et leur bicoque délabrée, et ce sera la fin des Percival et de leur stupide troupeau... Ils n'auront plus qu'à envoyer leurs vaches à l'abattoir, nous les mettrons à la porte et nous prendrons leur place.

Il se frotta les mains. À son arrivée à Trembellow, il avait ouvert sa demeure au public parce qu'il voulait étaler sa richesse et ses biens, et battre Sir George lui avait paru de bonne guerre, aussi simple que ça.

Mais depuis lors, avec son fils Neville, ils avaient eu une idée de génie. Le domaine du château de Griffstone ferait un terrain à bâtir idéal pour un lotissement. Rien de luxueux – juste quelques deux cents petits pavillons coincés les uns contre les autres, un supermarché et un garage.

Comme Griffstone était à douze kilomètres, le nouveau lotissement ne serait pas visible des fenêtres de Trembellow – une colline et une forêt séparaient les deux châteaux. Ni Lord Trembellow ni sa famille ne couraient le risque d'avoir vue sur des rangées de pavillons habités par des gens qui ne sauraient pas entretenir correctement leurs jardins – si tant est qu'il y ait de la place pour des jardins, ce qui ne serait sans doute pas le cas.

Il avait fait les calculs : deux cents pavillons rapporteraient la coquette somme de dix millions de livres.

Mais d'abord, il devait expulser Sir George – et bien sûr ce fichu troupeau dont il faisait toute une histoire. Cela nécessitait de ruiner les Percival. Que le plus beau terrain à bâtir de Grande-Bretagne serve de pâturage à des vaches était tout bonnement ridicule. C'était scandaleux. Il fallait faire quelque chose, se disait Lord Trembellow – et il était l'homme de la situation.

Chapitre six

Rollo était quelqu'un de loyal. Il n'oubliait pas de nourrir ses chenilles et il continuait à mettre des soucoupes de lait pour les hérissons. Il était rare qu'il laisse passer un jour sans aller voir la tanière du blaireau et il écrivait régulièrement à son scinque.

Toutefois, il avait dit à son grand-oncle qu'il garderait le troupeau et il tenait parole. Il ne devait pas aller seul dans le parc, car les animaux pouvaient être dangereux, mais il avait le droit de se poster près de la grille du mur d'enceinte pour les observer. Et c'est ce qu'il faisait, parfois pendant des heures d'affilée.

Même quand il devait rester à l'intérieur du château, il continuait de les surveiller grâce à ses postes d'observation : l'escabeau de la bibliothèque et la vieille table, dans un des greniers. La bibliothèque était orientée à l'est et le grenier à l'ouest, de sorte qu'il pouvait suivre le troupeau dans ses déplacements. C'était seulement quand les bêtes s'enfonçaient dans un bosquet qu'il les perdait de vue.

Le lendemain de la première visite de Rollo au parc, Sir George lui apporta une paire de jumelles beaucoup plus petites que des jumelles ordinaires.

– Mon père les a fait faire pour moi quand j'étais petit, dit-il. Essaie-les.

Rollo sortit les jumelles du vieil étui de cuir. Elles avaient beau être petites, il les trouvait difficiles à manier, jusqu'à ce qu'il tourne la molette de mise au point : instantanément, l'image d'un veau appuyé contre le flanc de sa mère lui sauta aux yeux, si proche qu'il aurait pu le toucher.

– Oh ! s'exclama Rollo. Je vois son museau humide... et son oreille.

Sir George ne fit aucun commentaire, mais il tourna la tête tant il était ému. Jusqu'à présent, il s'était senti très seul, mais maintenant, il semblait que quelqu'un d'autre – quelqu'un de son propre sang – partageait ses sentiments envers le troupeau. Peut-être que dans quelques années, Rollo prendrait la relève. Peut-être y aurait-il un autre membre de la famille pour voir dans le troupeau une responsabilité sacrée et se sentir investi de la mission de le protéger.

George et Emily avaient été élevés dans l'idée qu'il est impoli de parler d'argent. Il leur aurait semblé déplacé de confier aux enfants qu'ils étaient fauchés comme les blés et que le moindre sou acquis grâce aux visites était précieux ; ce fut donc Ned qui répondit aux questions de Madlyn.

– C'est à cause des vaches. Leur entretien coûte une fortune et Sir George refuse... il ne les vendra jamais et il ne s'en défera jamais. Il refuse même de faire payer les gens pour aller les voir. Il y aurait pas mal d'argent à gagner comme ça, car plein de gens demandent à voir les vaches, mais il ne prend jamais un sou quand il emmène quelqu'un dans le parc.

– Mais pourquoi ? Pourquoi reviennent-elles aussi cher ? s'exclama Madlyn. Elles ne mangent que de l'herbe, non ? Et l'herbe est là ?

– Oui et non, en fait. L'herbe est une culture comme les autres. Ils ne peuvent pas utiliser de produits ou d'engrais chimiques parce que ça pourrait être mauvais pour les bêtes, alors ils doivent tout faire à la main et c'est horriblement cher. Et il y a aussi les murs d'enceinte du parc qu'il faut réparer, plus le gardien qu'il faut payer.

Le gardien, Bernie, était l'oncle de Ned – lequel était donc des mieux informés sur l'entretien du troupeau.

– Tu ne trouves pas que Rollo aime *un peu trop* les vaches ? s'alarma Madlyn. On dirait qu'il est envoûté. Comme si... comme si c'étaient des créatures d'un autre monde.

– Rollo va très bien, affirma Ned. Ne t'inquiète pas pour lui. D'ailleurs, beaucoup de gens estiment que ces vaches sont des créatures à part. Elles sont là depuis si longtemps, c'est comme si on avait un peu d'Histoire parmi nous. D'après ma mère, si le troupeau disparaissait, le village deviendrait une espèce de ville fantôme.

Pendant ce temps, l'été suivait son cours : des abeilles butinaient les fleurs, les tilleuls répandaient leur merveilleux parfum, de hauts nuages blancs traversaient le ciel. Mais si la campagne était d'une beauté éclatante, la situation du château, en revanche, était très préoccupante. Car l'Honorable Olive avait vu juste : de plus en plus de visiteurs se rendaient à Trembellow, et de moins en moins à Griffstone.

Cependant, ce fut seulement lorsqu'elle monta aider Tante Emily à trier les objets destinés à la boutique que Madlyn réalisa qu'il était temps d'agir.

Emily était assise sur son lit. À côté d'elle étaient étalés les trois sachets de lavande, le couvre-théière taillé dans le pyjama d'Oncle George, un gant à quatre doigts et un marque-page décoré de fleurs de pervenche séchées.

Et Tante Emily pleurait.

En apercevant Madlyn, elle se tamponna vite les yeux, mais Madlyn était quelqu'un de perspicace. Elle entra dans la chambre, passa le bras autour des épaules d'Emily, et lui demanda :

– Qu'est-ce qu'il y a, Tante Emily ? Qu'est-ce qui ne va pas ?

Emily désigna d'un grand geste les trésors éparpillés sur le couvre-lit.

– On n'a rien vendu, Madlyn. Rien du tout. Pas un seul objet. Et je suis tellement fatiguée, je n'arrive plus à trouver de nouvelles idées. C'est sans espoir, et George aura le cœur brisé si nous devons vendre le château. Il pense que les vaches lui ont été confiées par Dieu. (Elle attrapa un mouchoir et se moucha.) Avant qu'ils ouvrent Trembellow, on parvenait tout juste à joindre les deux bouts, mais maintenant...

Madlyn poussa les sachets de lavande et s'assit à côté d'Emily. En son for intérieur, elle était assez contrariée. Elle avait tant d'amis à l'école pour lesquels elle se faisait du souci, qu'elle chérissait, et puis il y avait ses parents et Rollo. C'est beaucoup de travail d'aimer quelqu'un, et elle n'avait pas prévu de s'attacher à sa vieille tante.

Seulement elle s'y était attachée et maintenant, visiblement, il fallait faire quelque chose.

Oui, mais quoi ? Qu'est-ce qui pourrait amener des flots de visiteurs à Griffstone ? Pas de nouveaux sachets de lavande, ça c'était certain, ni d'autres *scones* brûlés, ni de couvre-théières... Qu'est-ce qui encouragerait les gens à abandonner le chemin de Trembellow pour celui de Griffstone ?

Cette nuit-là, Madlyn se retourna dans son lit des heures durant en se creusant la cervelle... Soudain, elle se redressa. Bien sûr. Comment n'y avait-elle pas pensé plus tôt ? C'était évident.

À présent, quand elle avait une idée, Madlyn en parlait avec Ned.

– Ben, tu as sans doute raison. Mais je ne sais pas où

on pourrait en trouver. À ma connaissance, il n'y en a pas au village.

– Comment ça se fait ? On imaginerait plutôt le contraire. Il doit bien y avoir des gens qui se sont noyés dans l'abreuvoir, ou qui ont été assassinés dans des ruelles obscures, ou enterrés dans une tombe qui n'était pas la leur.

Ned réfléchissait.

– Sans doute, oui, mais c'est un village tranquille, ici, et à mon avis ils sont restés sous terre.

– Il va falloir que je demande au Cousin Howard, décida Madlyn. Il doit savoir.

Ned lui lança un regard en coin.

– Il vaudrait mieux que je vienne avec toi. Il a ses humeurs.

– D'accord. En fait, je serais contente que tu m'accompagnes. Je ne lui ai jamais vraiment parlé et Tante Emily ne se rend pas compte que j'ai compris ce qu'il est.

Le Cousin Howard, qui était dans sa bibliothèque, fut mécontent d'être dérangé. Quand il vit Madlyn, Ned et Rollo, il détala à toute vitesse et disparut par la porte qui menait à sa chambre.

Mais cette fois-ci, les enfants n'en tinrent pas compte.

– S'il vous plaît, Cousin Howard, nous avons besoin de votre aide, insista Madlyn. Nous en avons vraiment besoin.

Le Cousin Howard retraversa la porte. Il portait sa robe de chambre et ses pantoufles habituelles. Son visage, qui était toujours pâle, avait encore blêmi sous l'effet de la panique et de l'inquiétude.

– Je ne... je ne parle pas aux personnes que je ne connais pas... grommela-t-il. Je ne parle pas aux personnes que je connais. Je ne parle pas.

Il sortit un mouchoir et s'épongea le front. Il avait le long visage d'intellectuel des Percival, et ses cheveux en broussaille auraient eu bien besoin d'être coupés.

Howard avait vécu la majeure partie de sa vie à Griffstone, mais comme tous les hommes de la famille Percival, il avait été envoyé en pension quand il était petit et il y avait beaucoup souffert...

« Quelle est *l'utilité* de Percival, quelqu'un peut-il me le dire ? avait ricané un des grands en voyant Howard pour la première fois. Je veux dire, à quoi *sert-il* ? »

Personne ne connaissant la réponse à cette question, Howard avait été affublé pendant toute sa scolarité du surnom de Percival l'Inutile. Ce sont des choses qui marquent ; il n'était donc guère étonnant qu'Howard soit resté si réservé ni qu'il ait passé sa vie à trier et cataloguer des livres. Mais les enfants avaient beau compatir, ils n'avaient pas de temps à perdre.

– Cousin Howard, on doit faire quelque chose pour attirer des visiteurs au château. On n'a pas le choix, déclara Madlyn. Sinon, il faudra vendre le troupeau et peut-être le château aussi, et...

– Oh ! Ne dis pas ça !

La simple idée de quitter sa maison faisait frémir le pauvre Howard.

– Alors on doit trouver un moyen de faire venir plus de monde. On a pensé que si on pouvait montrer aux gens quelques vrais fantômes – des spectres véritables – ils viendraient et ils en parleraient à leurs amis, et...

Le Cousin Howard laissa échapper une plainte déchirante, un cri de profond désespoir.

– Oh non... Non ! C'est impossible. Absolument hors de question. George me l'a déjà demandé, Emily aussi, mais j'ai dû refuser. Me montrer à tous ces gens... apparaître et disparaître... j'en serais incapable. J'en serais parfaitement incapable.

Sur ces mots, il se mit à trembler si fort que ses contours devinrent tout flous.

Les enfants se regardèrent. Ils étaient bouleversés par le malentendu et par la détresse dans laquelle ils avaient plongé le pauvre Howard.

– Nous ne voulons pas parler de vous, Cousin Howard, précisa Madlyn.

– Jamais nous n'irions vous demander une chose pareille, ajouta Rollo d'un ton rassurant.

– Nous avons besoin de vrais fantômes. Des qui soient très effrayants, vous savez... avec la tête qui se détache, des poignards plantés dans la poitrine, ce genre de trucs, renchérit Ned – qui rougit aussitôt car il semblait mal élevé de sous-entendre qu'Howard n'était pas un vrai fantôme.

Mais le Cousin Howard fut terriblement soulagé.

– Ah, je vois. Bon, très bien, dans ce cas. Je ne crois vraiment pas que je ferais l'affaire, vous savez. Je me suis pris les pieds dans les cordons de ma robe de chambre en descendant l'escalier et je me suis cassé le cou, mais c'était une fracture propre – il n'y a pas de sang. (Il se pencha en avant : effectivement, il n'y avait quasiment rien, à peine une petite entaille dans l'ectoplasme.) Et je ne me suis jamais senti porté à baragouiner, hurler, tout ça, poursuivit Howard. Ce n'est pas mon *truc*. Mais si ce n'est pas moi que vous voulez, pourquoi êtes-vous venus me voir ?

– On a pensé que vous sauriez peut-être où nous pourrions trouver d'autres fantômes. Du genre qui seraient terrifiants, dit Madlyn. On a pensé que vous aviez peut-être des amis.

Howard fut choqué.

– Des amis ! Grands dieux, non ! Je n'ai pas d'amis. Je ne sors pas beaucoup, voyez-vous. Je ne sors quasiment jamais.

Mais les enfants continuèrent à le fixer.

– S'il vous plaît, pourriez-vous essayer de nous aider ? persista Madlyn. S'il vous plaît ?

– C'est pour les vaches, ajouta Rollo.

Chapitre sept

Comme d'habitude, Olive Trembellow avait vu juste. À la Journée portes ouvertes suivante, Trembellow reçut trois cent cinquante visiteurs, Griffstone, sept.

À présent, Olive se livrait à son activité préférée.

Elle faisait des comptes.

Elle multipliait le nombre de visiteurs de Trembellow par le montant que chacun avait versé. Le résultat se terminait par plein de zéros.

Olive aimait les chiffres qui se terminaient par des zéros. Elle les aimait beaucoup.

Après avoir vérifié ses calculs, elle alla trouver son père dans son bureau.

Lord Trembellow discutait affaires avec son fils Neville et un entrepreneur, mais cela ne le gêna pas du tout d'être interrompu. Olive était presque une associée.

– Regarde, papa, dit-elle, on a récolté presque quatre mille livres aujourd'hui. On a eu trois cent cinquante visiteurs et Griffstone seulement sept – et encore, sur les sept, il y avait un espion.

Lord Trembellow hocha la tête. Il avait envoyé un de ses employés faire le tour de Griffstone avec les autres visiteurs – l'homme était nouveau venu dans la région et ne risquait pas d'être reconnu.

– On n'a jamais vu une maison aussi délabrée, rapporta-t-il à Lord Trembellow en rentrant. C'est une gamine qui s'occupe des tickets, ils n'ont pas de guide, et il faut voir les saletés qu'ils exposent au musée ! Vous n'en croiriez pas vos yeux. Il y a une machine à coudre, un bocal plein de chenilles et un machin qui s'appelle un Hoggart.

– Un Hoggart ? demanda Lord Trembellow. Qu'est-ce que c'est ?

– Je ne sais pas, monsieur. Ça ressemble à une moitié de pékinois écorché et roulé en boule et l'étiquette dit juste « Le Hoggart de Griffstone ».

Lord Trembellow se tourna vers son fils.

– Trouve-m'en un à Londres, tu veux ? S'ils ont un Hoggart, j'en aurai un moi aussi. Non, apporte-m'en deux.

– Pourquoi deux seulement, papa ? Pourquoi pas trois... ou cinq... ? suggéra Olive.

– Bonne idée, mon petit chou à la crème. Note-le, Neville. Cinq Hoggarts.

Une photographie aérienne de la région était étalée sur le bureau. Elle avait été prise d'hélicoptère et montrait le domaine de Griffstone très nettement : le château, les jardins – et le parc, entouré de son haut mur.

En scrutant bien, on pouvait distinguer les taches blanches que formaient les bêtes.

– Dès que j'aurais chassé le vieux Percival, exposa Lord Trembellow, je ferai faire une étude topographique dans les normes, mais on en voit déjà assez là-dessus. Le parc est un terrain à bâtir idéal ; le drainage est bon et le sol aussi : aucun risque d'inondation. Il y a largement la place de construire deux cents pavillons.

– Pourquoi seulement deux cents pavillons, papa ? intervint Olive de sa voix haut perchée. Pourquoi pas trois cents ? Ou même quatre cents ? Ça ne les gêne pas, ces gens-là, de vivre serrés les uns contre les autres. Et nous gagnerions deux fois plus d'argent.

– Peut-être, oui.

Lord Trembellow adressa un sourire affectueux à sa fille. Certains enfants sont une déception pour leurs parents, mais Olive était exactement le genre de fille qu'il avait souhaité avoir.

– Il faudrait qu'on arrive à embobiner les responsables de l'aménagement du territoire, mais je crois que c'est faisable. Et après... on envoie les bulldozers, on coupe les arbres, on bétonne le tout... bien propre, bien net.

Lord Trembellow adorait le béton. L'herbe, les fleurs et les arbres causaient tout un tas d'ennuis. Il fallait tondre l'herbe, les fleurs provoquaient le rhume des foins et les arbres tombaient par grand vent. Tandis que le béton... le béton était lisse et sans histoires, le béton vous donnait une surface bien plane.

Quand il imaginait la campagne couverte de bétonnières

géantes déversant des flots de cette merveilleuse matière, Lord Trembellow était un homme heureux.

Lady Trembellow était très différente. Elle rêvait d'avoir un jardin et elle adorait les animaux – à maintes et maintes reprises, elle avait demandé à son mari s'ils pouvaient avoir un chien, mais il répondait chaque fois « Non », et si elle tentait d'insister, il changeait de sujet.

– Il est temps que tu retournes à Londres et que tu te fasses refaire le nez, déclarait-il, par exemple.

Ou bien il lui suggérait de se faire couper le cartilage des oreilles pour les plaquer contre son crâne.

Et comme elle avait été élevée dans l'idée qu'une femme doit faire plaisir à son mari, Lady Trembellow ne disait plus rien.

Chapitre huit

La visite au Cousin Howard avait complètement découragé les enfants.

– On a sans doute été idiots de croire qu'il pourrait faire quelque chose, dit Madlyn. Il a toujours mené une vie tellement protégée.

Ils n'essayèrent pas de le revoir et, quant à Howard, il ne sortit pas de sa chambre. Cependant, trois jours après l'embuscade dans sa bibliothèque, il se passa un événement étrange. Les enfants n'en surent rien – ils dormaient dans leurs lits – mais Sir George, qui en fut témoin, fut très surpris.

Pile au douzième coup de minuit, une vieille bicyclette rouillée quitta lentement le débarras et traversa la cour. Il n'y avait personne dessus, et personne ne la poussait, pourtant les pédales bougeaient et les roues, qui n'étaient pas huilées, émettaient de temps à autre un grincement las.

Toute seule, en tanguant à peine, la bicyclette sans cycliste gagna le portail, tourna dans l'allée et disparut.

– Eh bien, eh bien, murmura Sir George en s'éloignant de la fenêtre. Qui l'aurait cru ? Ça doit faire des années qu'Howard a cessé de sortir la nuit.

À environ dix kilomètres au sud de Griffstone se trouvait une antique maison biscornue entièrement recouverte de lierre. La maison s'appelait Greenwood et elle appartenait à une vieille dame du nom de Mme Lee-Perry, qui y vivait seule.

Mme Lee-Perry était incroyablement âgée ; la vieillesse l'avait rendue quasi transparente, sa voix était frêle et cassée, ses poignets fins comme des allumettes et il lui fallait presque cinq minutes pour se lever de sa chaise.

Mais elle n'était pas morte. Elle aurait dû l'être – un an seulement la séparait de son centième anniversaire – mais elle ne l'était pas.

Le problème, c'était que tous ceux qu'elle aimait l'étaient. Son mari était mort, son frère était mort, et disparus aussi les nombreux amis qui fréquentaient jadis sa maison. Mme Lee-Perry, qui adorait la musique et la poésie, avait été célèbre pour ses Réunions du jeudi soir : les invités jouaient de la musique et chantaient ensemble, ou se lisaient à voix haute des passages de livres qui leur avaient plu.

Alors, quand mourut le dernier de ceux qui fréquentaient ses Réunions du jeudi, Mme Lee-Perry faillit périr de solitude.

Mais un jour, alors qu'elle entrait clopin-clopant dans son salon, elle fut accueillie par une surprise. Un de ses vieux amis, le colonel Hickley, était assis au piano et jouait l'air d'une chanson qu'ils aimaient chanter à ses Réunions. C'était fort intéressant, car le colonel Hickley était mort. Il était décédé deux ans plus tôt, et elle avait assisté à son enterrement.

Ce qui signifiait que c'était un fantôme.

Et c'est ainsi que tout avait commencé. Car si le colonel Hickley pouvait jouer de la musique en étant fantôme, ses autres amis pourraient en faire autant : l'amiral Hardmann, qui était mort à la chasse, la *signora* Fresca, qui avait été soprano en Italie, et Fifi Fenwick, qui élevait des bull-terriers et jouait délicieusement du violon...

Il avait fallu un certain temps à Mme Lee-Perry pour retrouver tout le monde, pour la simple et bonne raison que ses amis étaient des fantômes *tranquilles*, de ceux qui ont fini leur vie et se contentent de vagabonder paisiblement. (Ce sont les fantômes *tourmentés* qui font parler d'eux : ceux qui sont morts en colère ou qui ont encore des affaires à régler sur terre.) Mais le colonel Hickley avait été d'un grand secours, et les Réunions du jeudi battaient à nouveau leur plein. Bien sûr, elle n'en avait rien dit aux voisins ni à la femme de ménage. Elle veillait juste à ce que les rideaux soient tirés et faisait savoir qu'elle ne souhaitait pas être dérangée. Si les gens du village avaient deviné quelque chose, ils le gardaient pour eux, car Mme Lee-Perry était très respectée et ce qu'elle faisait le jeudi soir ne regardait qu'elle.

Il va sans dire que le Cousin Howard avait été invité – il avait la réputation de réciter admirablement la poésie et il jouait aussi bien du piano que de l'orgue. Il n'était venu qu'une ou deux fois à cause de sa timidité maladive et de la conviction que personne ne pouvait réellement désirer la compagnie de « Percival l'Inutile ».

Pourtant, cette nuit-là, il remonta l'allée de Greenwood sur sa bicyclette antédiluvienne, sonna à la porte et se faufila au salon en flottant.

Tous furent ravis de le voir.

– Eh bien, eh bien, mon ami, quel plaisir ! s'écria Mme Lee-Perry. J'espère que tout le monde va bien à Griffstone ? Le cher George et la chère Emily ?

– Et les chères vaches ? ajouta Fifi Fenwick, qui adorait les animaux.

– Oui... euh... oui... sauf que...

Mais le Cousin Howard était trop timide pour expliquer d'emblée que Griffstone était dans une mauvaise passe et qu'il était venu demander de l'aide. Il prit la partition que lui tendait l'amiral Hardmann et se joignit aux voix de basse d'une chanson intitulée *Gai, gai, le joli mai*, puis d'une autre, *Grondent et tonnent les saquebutes*. Après cela, *signora* Fresca interpréta en roucoulant une aria sur les mésaventures d'un toréador trompé, puis l'assistance supplia Howard de réciter « Par monts et par vaux allait une jeune fille », qui était un poème très triste et émouvant.

Quand il termina, tous les invités applaudirent – un drôle de bruissement produit par leurs mains de fantômes. C'est alors, en bafouillant un peu, que le Cousin Howard se lança dans ses explications : la situation s'était terriblement aggravée à Griffstone et les enfants qui étaient venus passer l'été au château avaient eu une idée pour amener plus de monde aux Journées portes ouvertes.

Mais quand il se tut, les silhouettes antédiluviennes qui peuplaient la pièce le regardèrent avec stupéfaction.

– Mon cher Howard, dit l'amiral Hardmann, vous ne pensez tout de même pas que nous allons hanter Griffstone ?

– Nous ne saurions guère tenir ce genre de rôles, intervint Mlle Netherfield, qui avait été directrice d'école. Ça ressemble à du *batifolage* et nous ne sommes vraiment pas des... batifoleurs.

– Non ! Non ! s'exclama le Cousin Howard, et son ectoplasme vira au rose vif tant il était gêné. (En réalité, ces respectables fantômes, avec leurs cannes et leurs Sonotones, n'auraient pas attiré grand monde au château.) Oh, Seigneur, non, pas du tout. Mais ils voudraient que je trouve... de ces fantômes plutôt vulgaires... le genre qui, euh... qui hurlent et... retirent leurs têtes, et ainsi de suite. Seulement, moi, je ne sors pas beaucoup. Je me demandais si l'un de vous... l'amiral peut-être... connaîtrait... ou aurait des domestiques qui connaîtraient...

Le pauvre Howard bafouilla et se tut. Mais Mme Lee-Perry lui sourit gentiment. Elle avait toujours connu les Percival.

– Voyons, voyons, lança-t-elle à ses amis fantômes. Je suis sûre qu'en cherchant bien, vous pouvez penser à quelques individus qui conviendraient.

Fifi Fenwick soupira.

– Je me souviens d'une histoire de jeune mariée qui avait été poignardée... ou alors tuée par balle. La fille de Cynthia. Ça fait un moment, mais elle est sans doute encore dans les parages.

– Et il y avait ce jeune homme du côté de Carlisle qui a fini dans un cachot, dit le colonel Hickley. Je ne me rappelle plus les détails, mais c'était une vilaine histoire.

– Eh bien, voyez ce que vous pouvez faire, conclut Mme Lee-Perry.

Là-dessus, ses invités la remercièrent de cette charmante soirée et sortirent en flottant dans la nuit.

Chapitre neuf

– Elle a eu son veau ! s'écria Rollo, qui dévalait l'escalier pour prévenir Madlyn. La vache qui mangeait des orties... il a tout de suite essayé de se lever et puis il est tombé, alors il s'est relevé et il s'est mis à téter, mais sa mère n'arrêtait pas de le lécher si fort qu'il est tombé de nouveau. J'ai tout vu du haut du mur. (Rollo avait trouvé un endroit du mur d'enceinte du parc qu'il pouvait atteindre par une branche d'orme.) Depuis dix ans, le troupeau n'a jamais été aussi grand que maintenant !

Oui, songea Madlyn, *mais pour combien de temps ? Combien de temps encore y aura-t-il un troupeau ?* Et pour la première fois depuis son arrivée, elle souhaita qu'il soit temps de rentrer à Londres. Car, autant qu'elle puisse en juger, plus rien maintenant ne pouvait sauver Griffstone. La dernière Journée portes ouvertes avait accueilli cinq visiteurs, et l'un d'eux était un vieux monsieur qui habitait au village et qui avait de la peine pour les Percival.

Quant au Cousin Howard, il n'avait été d'aucun

secours. Et les rares fois où les enfants l'avaient vu depuis qu'ils lui avaient demandé de l'aide, il s'était esquivé sans un mot.

Pourtant, le lendemain matin, ils le croisèrent à nouveau et cette fois-ci, il ne se déroba pas. Au contraire, il s'arrêta et leur fit signe.

– Il y a quelques... personnes... que vous voudrez peut-être voir, dit-il de sa voix timide et calme. Cet après-midi, peut-être ?

Madlyn et Rollo allèrent donc prévenir Ned et, aussitôt le déjeuner fini, tous les trois se rendirent à la bibliothèque du Cousin Howard.

Lorsqu'ils s'assirent, face au grand mur de livres qui occupait le fond de la pièce, ils ne savaient pas vraiment ce qui les attendait, mais le fait est qu'ils avaient été conviés à faire passer une audition.

– Je ne veux pas que vous choisissiez qui que ce soit qui... euh... ne convienne pas, exposa le Cousin Howard. Si quelqu'un ne répond pas à vos critères, n'hésitez pas à le refuser. Mais... ceux qui vont apparaître sont disposés à venir et... à faire ce que vous demandez. (Il s'éclaircit la gorge.) Je vais les appeler un par un, si ça vous semble une bonne façon de procéder.

Les enfants hochèrent la tête et Madlyn rapprocha sa chaise de celle de Rollo. Elle ne pensait pas qu'il aurait peur ; ce n'était pas le genre à s'effrayer facilement, mais elle voulait être près de lui, au cas où.

Le Cousin Howard frappa dans ses mains. Suivit un silence. Puis, lentement... très lentement... apparurent un long voile blanc, flottant dans l'air... une couronne de fleurs d'oranger fanées... puis, enfin, un visage.

La mariée qui se tenait devant eux était très belle, mais elle était horriblement ensanglantée. Elle avait du sang sur son voile, du sang sur sa robe, du sang sur sa traîne et ses escarpins argentés.

Et il y avait une excellente raison à cela : une marque de balle transperçait sa joue gauche, une autre sa poitrine, une troisième son bras.

Le Cousin Howard la présenta :

– Voici Brenda Peabody. Elle a eu quelques... ennuis... le jour de son mariage. Un prétendant qu'elle avait éconduit l'a abattue sur les marches de l'église.

– Des ennuis ? éructa le fantôme. Ah oui, ça on peut le dire ! Les hommes... ce ne sont que des bêtes infâmes ! Regardez-moi ça ! (Elle planta les doigts dans ses plaies et des flots de sang frais se répandirent sur sa tenue de mariée.) Et ça ne part pas au lavage... j'ai beau frotter, le sang réapparaît. Goutte à goutte, « floc, floc, floc ».

– Avez-vous entendu parler des Hurlantes ? demanda posément le Cousin Howard. Elles sont connues pour pleurer, gémir et laver les vêtements des morts. Brenda n'est pas une Hurlante, bien sûr, c'est un vrai fantôme et elle a assez à faire avec sa propre lessive, mais une chose sur laquelle vous pouvez compter, chez les mariées sanguinolentes, c'est un flot constant de liquide. Elle ne séchera pas, vous pouvez en être assurés.

– Elle est bonne, commenta Madlyn, elle est très bonne.

Brenda disparut derrière les livres, et lorsque le Cousin

Howard frappa des mains de nouveau, une silhouette sombre noyée dans un immense duffel-coat surgit devant eux.

– Voici M. Smith.

Les enfants se regardèrent. *A priori*, M. Smith ne présentait rien de très remarquable : c'était juste un homme très gros qui portait un gros manteau.

– Enchanté, dit alors M. Smith.

Et, dans un même mouvement, il ouvrit grand son manteau et rejeta sa capuche en arrière.

M. Smith était un squelette. Quelques lambeaux de chair adhéraient encore à ses os çà et là, un pan de muscle accroché à un genou, un tendon au coude... et d'une de ses orbites pendait encore un œil unique, mais dans l'ensemble, M. Smith était un squelette des plus squelettiques.

Les trois enfants hochèrent la tête à l'unisson. S'il y a bien une chose que les gens veulent voir dans un château hanté, c'est un squelette, et un squelette qui a un œil qui clignote est particulièrement appréciable.

De son vivant, M. Smith, Douglas de son prénom, était un chauffeur de taxi très gros – si gros que les gens le taquinaient et se moquaient de lui. Il finit par en être si blessé qu'il cessa de manger ; mais il poussa le bouchon trop loin et, un beau matin, il se réveilla mort. Quand on a été gros toute sa vie, il est difficile d'accepter qu'on est devenu très maigre, voire qu'on a complètement fondu, et c'est pour cette raison que Douglas aimait porter son manteau.

Après la mariée et le squelette vint une très vieille femme dont les cheveux gras et emmêlés répandaient des traînées de poux.

Les vrais poux sont dégoûtants et les poux fantômes le sont encore plus, il n'empêche que la vieille femme n'était pas intéressante à voir ; aussi les enfants furent-ils soulagés quand elle déclara que Griffstone ne lui conviendrait pas et qu'elle allait retourner vivre avec ses copains-copines dans l'Abribus situé derrière l'abattoir de la ville.

Le candidat suivant surprit énormément les enfants.

C'était une jeune fille vraiment ravissante, à l'abondante chevelure de jais, aux yeux noirs et brillants bordés d'un trait de khôl, qui portait un petit bustier brodé, un ample pantalon de soie chatoyante et des pantoufles de brocart.

– Voici Sunita, annonça le Cousin Howard. Ses parents étaient originaires d'Inde, mais elle a vécu ici toute sa vie. Et travaillé, aussi.

Les trois enfants la regardèrent et Sunita sourit, d'un sourire charmant et chaleureux, puis elle joignit les mains en geste de salutation. Elle leur plut immédiatement ; quand on voyait Sunita, il était impossible de ne pas l'aimer. Mais Rollo parla pour eux tous lorsqu'il dit :

– Est-ce qu'elle pourrait faire peur aux gens ? Elle a l'air tellement gentille.

– Attendez voir, avertit le Cousin Howard.

Il adressa un signe de la tête à la jeune fille, qui s'avança d'un pas, de sorte qu'ils aperçurent son ventre brun doré et la pierre précieuse qui ornait son nombril. Alors, sous leurs yeux, une ligne en zigzag apparut autour de sa taille – une zébrure, comme un éclair, qui prit progressivement une teinte plus foncée et un aspect plus inquiétant. Puis, lentement... très lentement... la partie supérieure de Sunita flotta vers le plafond, tandis que la partie inférieure restait solidement plantée au sol.

– Elle a été sciée en deux, chuchota le Cousin Howard. C'est l'homme pour qui elle travaillait qui lui a fait ça. C'est un numéro de cirque, vous savez... de scier une jeune fille en deux. Ça se fait souvent, mais cette fois-là ça a raté et il l'a coupée en deux pour de vrai. Le pauvre homme en a été horriblement bouleversé, mais c'était trop tard.

Tout le monde, bien sûr, voulait Sunita dans l'équipe ; elle passa l'audition haut la main. Après elle se présenta un fantôme très ennuyeux, celui d'une dame prétentieuse en robe à cerceaux qui ne semblait pas savoir faire grand-chose et qu'ils durent refuser. Vint alors le tour de Ranulf de Torqueville.

Ranulf était habillé à l'ancienne : culotte de velours et ample chemise blanche. Ses cheveux ondulaient sur ses épaules et il avait l'air romantique de ces personnages qu'on voit dans les films de cape et d'épée, qui se battent en duel et sautent du haut des murs.

– Que fait-il ? demanda Rollo.

Ils n'allaient pas tarder à l'apprendre. Avec une grimace de supplicié, Ranulf ouvrit sa chemise. Là, accroché à sa poitrine, grattant sa peau nue de ses pattes avant, agitant sa queue écailleuse, un énorme rat noir lui rongeait le cœur.

– Il a été maudit, expliqua le Cousin Howard. Son abominable frère lui a dit : « Puissent les rats te ronger le cœur jusqu'à ta mort », et il l'a jeté aux oubliettes. Seulement, dans ce cas particulier, le rat est mort lui aussi. Il n'est pas rare qu'un rat s'accroche de cette façon, mais là on ne peut pas le détacher. Il ne lâchera jamais prise.

– C'est un vrai rat porteur de la peste, précisa Rollo. *Rattus rattus.* De ceux qui sont arrivés dans les bateaux et qui ont répandu la peste noire. Les rats gris ne sont venus que plus tard.

Même Rollo, qui adorait pourtant les animaux, supportait difficilement de regarder la créature aux crocs jaunes qui griffait, déchiquetait et grignotait le cœur du jeune homme en se tortillant.

– Je crois que nous en avons suffisamment, maintenant, jugea Ned, une fois qu'ils eurent tous admis que Ranulf ferait parfaitement l'affaire. Quatre fantômes, ça me paraît bien.

Les autres acquiescèrent. Mais au moment où ils allaient se lever, une paire de pieds surgit soudain de derrière le mur. C'étaient de grands pieds : poilus, nus et pas très propres. Et rien n'y était attaché. Pas de chevilles, pas de genoux, pas de cuisses et certainement pas de corps. Juste des pieds, en somme.

– Oh mon Dieu, je leur ai dit qu'ils ne conviendraient pas. Je l'ai bien dit aux *deux* pieds. (Le Cousin Howard paraissait soucieux.) Je ne vois pas ce qu'on peut faire avec de simples pieds.

Cependant, les pieds s'entêtèrent. Ils étaient déterminés. Chaque fois qu'on les renvoyait, ils revenaient.

– J'imagine qu'on pourrait leur faire une place, intervint alors Madlyn. Une paire de pieds, ça ne prend pas beaucoup d'espace.

– Ils ont peut-être le sentiment d'avoir été *choisis*, ajouta Rollo. C'est une chose qui arrive.

La liste finale comprenait donc la mariée nommée Brenda, M. Smith le squelette, Sunita-sciée-en-deux, Ranulf au rat... et les Pieds.

Il ne leur restait plus qu'à remercier le Cousin Howard d'avoir trouvé les fantômes, ce qu'ils firent à maintes et maintes reprises.

– Vous avez dû vous donner tellement de mal, déclara Madlyn.

Et le Cousin Howard rétorqua que non, non, pas du tout, il n'avait été que trop content de pouvoir aider.

Tante Emily et Oncle George n'avaient pas manqué de remarquer le changement qui s'opérait chez le Cousin Howard, bien sûr. Personne n'aurait songé à l'appeler Percival l'Inutile, à présent. Il passait de plus en plus de temps hors de sa chambre, à parcourir le château en flottant, l'air affairé et résolu. Le Hoggart était oublié.

– Quand vous êtes-vous rendu compte que le Cousin Howard n'était... pas tout à fait comme nous ? demanda Tante Emily aux enfants.

– Oh, assez tôt, avoua Madlyn. Au bout de quelques jours ; seulement nous avons préféré nous taire.

En revanche, le moment semblait venu de parler de leur projet pour la prochaine Journée portes ouvertes : leur grand-tante et leur grand-oncle s'opposaient-ils à ce que quelques connaissances du Cousin Howard viennent donner un coup de main pour attirer plus de visiteurs ?

– Qu'en penses-tu, mon cher George ? interrogea Tante Emily.

Sir George, préoccupé qu'il était par quelques pierres branlantes dans le mur d'enceinte du parc, n'écoutait que d'une oreille :

– Pourquoi pas, ça ne peut pas faire de mal. Tant que ce sont de vrais fantômes et pas de la triche.

– Oh, pour être de vrais fantômes, ce sont de vrais fantômes, Oncle George ! s'exclama Rollo. On ne peut pas faire plus vrai que ces fantômes-là !

Chapitre dix

Comme trois jours seulement les séparaient de la prochaine Journée portes ouvertes, les enfants s'attaquèrent immédiatement aux répétitions du château hanté, et ce ne fut pas une mince affaire.

Brenda fit savoir clairement qu'elle ne se contenterait pas de faire dégouliner du sang sur les visiteurs : elle voulait les étrangler, mettre ses mains glacées autour de leurs cous et serrer jusqu'à l'asphyxie.

– Autour des cous des *hommes*, précisa-t-elle.

M. Smith mésestimait toujours sa corpulence réelle.

– Je ne tiendrai jamais là-dedans, grommela-t-il lorsque Madlyn lui suggéra de s'allonger dans le coffre de chêne de la grande salle (c'était ce qu'ils avaient de plus proche d'un cercueil).

– Monsieur Smith, répliqua Madlyn, vous êtes un *squelette* ! Vous ne pouvez pas être plus mince.

– Ah oui, j'avais oublié.

Dans leur majorité, les squelettes n'ont pas une

conversation intéressante parce qu'ils n'emploient pas de vrais mots ; ils ne peuvent qu'entrechoquer leurs os et grincer des dents. Mais M. Smith, comme tous les fantômes dénichés par le Cousin Howard, était quelqu'un de spécial, et il avait gardé sa voix grave et chaleureuse, sa gouaille de chauffeur de taxi.

Ranulf, quant à lui, passait un temps fou à boutonner et déboutonner sa chemise.

– Je pourrais l'ouvrir d'un coup, dans un grand geste, dit-il, comme ça, le rat leur sauterait à la figure, en quelque sorte.

Or, à peine les enfants eurent-ils approuvé son idée qu'il se ravisa et se demanda si déboutonner lentement sa chemise ne serait pas plus saisissant.

– Comme ça, la queue apparaîtrait en premier, expliqua-t-il, et puis les pattes...

Parce qu'elle avait travaillé dans un cirque, Sunita avait un véritable sens des effets spéciaux. Ce que les enfants aimaient particulièrement, c'était le petit soupir qu'elle poussait juste avant de se séparer en deux ; il rendait toute la prestation très belle et émouvante.

Il restait donc les Pieds. Personne ne savait trop quoi en faire. Ils traînaient avec désœuvrement quand la porte de la cuisine s'ouvrit, déversant dans la pièce la musique de la radio de Mme Grove.

C'était un quadrille écossais. Et pas n'importe lequel : le quadrille du 51e régiment écossais joué à la cornemuse.

Au début, il ne se passa rien. Puis, les orteils de gauche se mirent à battre la mesure, bientôt suivis par ceux du pied droit... et les Pieds se mirent à danser. Leurs orteils se levaient et se rabattaient, ils s'enroulaient et se déroulaient. Les talons battaient le sol, les moignons des chevilles se croisaient et se décroisaient... le tout parfaitement en rythme.

Les quadrilles écossais exigent beaucoup d'entraînement, mais de tous, celui du 51e régiment est de loin le plus difficile. Or voilà ces vieux pieds poilus, couverts de cors et de cals, qui le dansaient comme s'ils l'avaient fait depuis toujours !

De toute évidence, c'étaient des pieds écossais – des pieds venus de l'autre côté de la frontière. C'était un honneur indéniable d'avoir des pieds pareils à Griffstone, aussi les enfants décidèrent-ils d'apporter la platine laser de Ned au château et de laisser les Pieds improviser à leur guise le jour J.

Trop répéter un spectacle peut être aussi mauvais que de ne pas le répéter assez.

Les fantômes avaient tous une chose en commun : ils étaient sans logement.

Le cachot de Ranulf avait été détruit par une explosion et une usine de chaussures occupait aujourd'hui son ancien emplacement. Brenda, qui avait longtemps hanté le cimetière adjacent à l'église où elle avait été tuée, en était partie quand on avait fait passer l'autoroute au milieu. L'appartement de M. Smith, à côté de la station de taxi, avait été racheté par un couple qui avait entrepris d'y faire des « améliorations », à savoir abattre des murs parfaitement sains, ériger des cloisons et peindre les boiseries dans des couleurs qui lui donnaient mal au crâne. Quant à la famille de Sunita, elle n'avait plus voulu entendre parler d'elle du jour où elle avait commencé à travailler dans un cirque.

La première chose que firent les enfants fut donc d'installer les fantômes au château et de leur attribuer un espace rien qu'à eux.

Ils leur proposèrent les oubliettes, la salle d'armes et la salle de banquet, mais les fantômes choisirent l'ancienne nursery, au tout dernier étage. Elle se composait d'une salle de jeux, avec une maison de poupées, un cheval à bascule pommelé et un piano qui donnait un son de casserole, et d'une chambre avec trois petits lits, un canapé avachi et une rangée de pots de chambre en porcelaine. Y étaient accolés un office et une arrière-cuisine, où autrefois les nounous préparaient les repas des petits et lavaient leurs couches.

– Vous êtes sûrs que vous voulez vous installer là ? demanda Madlyn, car les pièces, malgré la poussière et les nombreuses toiles d'araignées, étaient claires et gaies. Vous ne préféreriez pas un endroit sombre et humide ?

Néanmoins, les fantômes aimaient ces pièces peintes en blanc qui avaient jadis appartenu aux enfants Percival. Elles leur rappelaient leur enfance, avant qu'ils ne grandissent, souffrent, et deviennent des fantômes. Ranulf passait beaucoup de temps sur le cheval à bascule – il disait que le mouvement de va-et-vient apaisait le rat – et Brenda était très contente du profond évier où elle pouvait faire tremper son voile et frotter les taches de sa robe. Elle leur avait raconté qu'elle s'était mariée pendant la guerre et qu'à cette époque les vêtements étaient rationnés ; il fallait économiser non seulement de l'argent, mais aussi des coupons pour les acheter.

– Trente-trois coupons, qu'elle m'a coûté, c'te robe ! s'écriait-elle – ce qui expliquait, bien sûr, que les taches de sang la rendent aussi furieuse.

À l'approche du grand jour, tout s'annonçait vraiment bien. Les fantômes inventaient sans cesse de nouvelles façons de faire peur aux gens. Ned avait imprimé des prospectus pour avertir les visiteurs que des spectres terrifiants avaient été découverts à Griffstone, et prévenir les personnes fragiles du cœur. Il y eut même un entrefilet dans le journal.

Et puis, le dernier soir, le désastre frappa.

Les enfants, qui étaient montés à la nursery souhaiter bonne chance à tout le monde, trouvèrent les pièces désertes.

– Vous êtes là ? appelèrent-ils, inquiets.

En général, les fantômes ne se rendent pas invisibles quand ils séjournent en compagnie d'amis.

Tout d'abord, il ne se passa rien. Puis, très lentement, les fantômes apparurent. Ils étaient blottis les uns contre les autres sur le canapé avachi et ils avaient une mine épouvantable.

– Qu'est-ce qu'il y a ? Qu'est-ce qui ne va pas ? questionna Madlyn.

Brenda se racla la gorge.

– Nous ne pensons pas que nous en serons capables, déclara-t-elle. C'est trop difficile. Nous n'avons pas l'habitude de ces choses-là.

– Nous n'y arriverons jamais, ajouta M. Smith.

– Capables de quoi ? Qu'est-ce que vous n'êtes pas capables de faire ?

– Hanter le château comme vous nous l'avez demandé, répondit Ranulf. Offrir un spectacle qui se tienne. Faire peur aux gens.

Les enfants se regardèrent avec consternation. Ils savaient à quoi ils avaient affaire et c'était grave.

Le trac. La terreur qui peut surgir à l'improviste et s'emparer d'acteurs ou de musiciens avant un spectacle. Parfois il se dissipe, mais dans certains cas il peut être si intense que pour rien au monde l'artiste n'entrerait en scène. Des carrières brillantes ont été brisées par le trac – et jusqu'à présent, aucun médecin n'a trouvé de remède.

– Nous avons le sentiment que nous ne pouvons pas rester, reprit Ranulf. Dans la mesure où nous ne pouvons pas faire ce que vous attendez de nous.

– Ça ne serait pas juste de rester alors que nous ne pouvons pas faire notre travail, renchérit Sunita.

Bizarrement ce fut Rollo, d'habitude si rêveur, qui prit les choses en main :

– Si vous venez avec moi, je vais vous montrer pourquoi vous devez nous aider, et pourquoi vous devez rester.

Les spectres le considérèrent d'un œil apathique. Les Pieds campèrent là où ils étaient, à demi enfouis sous les coussins du canapé, mais les autres accompagnèrent Rollo qui les fit sortir de la nursery, descendre les trois étages et quitter le château.

La petite bande traversa le jardin, franchit le portail du parc et arriva à l'endroit où l'orme se penchait au-dessus du mur d'enceinte. Rollo grimpa à son poste d'observation, Madlyn et Ned suivirent, les fantômes montèrent en ondulant dans l'air et s'assirent à côté d'eux.

Ils dominaient les champs vert tendre du parc, les noisetiers et les bouleaux d'un bosquet, le ruban argenté de la rivière. Une grive chantait. Les églantines scintillaient sur les haies.

– Voilà, montra Rollo. C'est le roi, là, devant.

Le chef du troupeau émergea lentement d'entre les arbres : immense, fort et blanc comme du lait. Juste derrière lui s'avançaient la plus vieille des vaches, avec ses cicatrices et sa corne ratatinée, puis les autres vaches et leurs veaux qui folâtraient. Le jeune taureau, maigre et coléreux, qui défiait si souvent le chef, apparut en dernier.

– Ça fait mille ans qu'ils vivent ici en toute sécurité, raconta Rollo, mais si nous n'arrivons pas à attirer davantage de visiteurs au château, il faudra les faire partir, ou même les envoyer à l'abattoir. C'est pour ça que vous devez rester.

Madlyn, assise les jambes ballantes à côté de son frère sur le mur couvert de lierre, retenait son souffle. Pouvaient-ils espérer que les fantômes voient ce que voyait Rollo : des bêtes si particulières qu'il fallait s'en occuper, à n'importe quel prix ?

Personne ne parlait. Le parc était silencieux ; même la grive s'était tue.

Ça ne va pas marcher, se dit Madlyn. *Je ne sais pas ce qu'espérait Rollo, mais ça ne va pas se produire.*

Un des fantômes, pourtant, avait bougé. Sunita. Elle se leva, rejeta ses cheveux en arrière et resta un moment en équilibre sur la crête du mur. Ensuite elle descendit en flottant dans le champ. Pas sa moitié supérieure ni sa moitié inférieure : elle toute entière.

Nul ne sait si les animaux peuvent voir les fantômes, mais une chose est sûre : ils perçoivent leur présence. Le roi-taureau martela le sol de l'un de ses puissants sabots. Les vaches redressèrent la tête et regardèrent devant elles. Le plus petit des veaux poussa un cri.

Sunita ne fit pas un geste, et les bêtes s'approchèrent jusqu'à former un cercle autour d'elle. Sans l'écraser pour autant, juste en la fixant de leurs yeux sombres et doux. Les veaux cessèrent de jouer et de se donner des coups de tête et vinrent se placer contre les flancs de leurs mères. Les énormes sabots du roi ne bougeaient plus. Toutes les bêtes étaient tournées vers Sunita. Même le jeune taureau coléreux se tenait tranquille.

Lorsqu'elle vit que tous les animaux étaient calmes, Sunita se dirigea vers la plus vieille des vaches. Elle joignit les mains et s'inclina si bas que ses cheveux touchèrent l'herbe.

– Je te salue au nom de Surabhi, la Vache divine qui fut la mère et la muse de toutes les créatures, déclara-t-elle.

Ensuite, elle se posta devant le roi-taureau. Les enfants retinrent leur souffle. Ils savaient de quelle férocité ce dernier était capable et Sunita, dans le champ, n'avait pas du tout l'air d'un fantôme : elle avait l'air d'une jeune fille vulnérable.

– Et je te salue au nom de Nandi, le taureau qui porta le seigneur Shiva dans ses voyages à travers l'univers.

À nouveau, Sunita s'inclina très bas et le taureau sembla lui rendre son salut quand il baissa la tête en tendant et gonflant les muscles de son cou.

Sunita n'avait pas encore fini. Elle fit le tour du troupeau et, devant chaque bête, même le plus petit des veaux, elle s'inclina de la même façon et prononça une salutation.

– Bien sûr, se souvint Ned. Les vaches sont sacrées en

Inde. Elles parcourent librement les rues et personne n'a le droit de leur faire du mal.

– Et quand elles sont vieilles, on ne les envoie pas à l'abattoir, ajouta Madlyn, mais dans un endroit où elles peuvent vivre tranquillement. Un peu comme une maison de retraite pour vaches. C'est Rani, à l'école, qui me l'a appris.

Après les avoir rejoints sur le mur, Sunita leur expliqua davantage l'importance que ces bêtes avaient pour son peuple.

– Je suis née en janvier, raconta-t-elle. C'est le mois de la fête de Pongal, qui célèbre les moissons et la fin des pluies. Elle dure plusieurs jours. Le troisième jour, c'est la fête du Bétail. On met des capuchons d'argent aux cornes des taureaux et on décore les vaches avec des colliers, des cloches et des gerbes de blé ; des guirlandes de fleurs, aussi, des fleurs merveilleuses : des soucis, des œillets, des fleurs d'hibiscus.

L'espace d'un instant, contemplant le parc à leurs pieds, les enfants imaginèrent le troupeau de Griffstone ainsi paré, avec des guirlandes et des bijoux aux cornes. Que dirait Sir George, si jamais cela arrivait ? Une grossièreté, sûrement !

Sunita avait montré aux fantômes quelque chose qui les dépassait. Un monde où les animaux comptaient, où les êtres vivants étaient vénérés. Un monde dans lequel on devait remplir son devoir et mettre ses problèmes de côté.

– Nous avons été égoïstes, reconnut Ranulf. Nous avons manqué de courage. Nous allons vous aider et nous allons rester.

Les autres fantômes hochèrent la tête :

– Oui, nous allons rester.

Chapitre onze

La première Journée portes ouvertes avec fantômes ne se déroula pas dans le calme. Elle ne se déroula pas *du tout* dans le calme.

Ils avaient décidé de montrer le château aux visiteurs en groupe, plutôt que de les laisser s'y promener librement, et Mme Grove avait été désignée comme guide. Elle travaillait depuis si longtemps au château qu'elle le connaissait comme sa poche.

Les enfants, eux, se tiendraient à l'écart, mais surveilleraient la visite, cachés dans la galerie supérieure, en cas de problème.

Grâce aux affiches et à l'article dans le journal, les gens étaient un peu plus nombreux que d'habitude à faire la queue pour les billets.

Il y avait un couple avec trois petites filles, Lettice, Lucy et Lavinia, qui mâchaient des caramels mous en gloussant comme si l'idée des fantômes était la plus drôle qu'elles aient jamais entendue.

Venaient ensuite deux randonneurs : un grand maigre

qui s'appelait Joe et un petit gros nommé Pete. En route pour l'Écosse où ils allaient faire de l'escalade, ils avaient vu l'entrefilet sur les fantômes et fait le détour par le château.

Il y avait aussi un garçon boudeur du nom de Frim qui était en vacances avec ses parents et qui détestait la campagne où il n'y avait rien à faire, à part s'asseoir sur des plages venteuses ou grimper sur des collines ruisselantes. Le groupe comprenait également une professeure d'architecture accompagnée de son assistante, une jeune fille pâle qui s'appelait Angela. La professeure n'était pas venue pour voir des fantômes, mais pour regarder des arcs-boutants, des épis de faîtage et des moulures.

Et puis, il y avait quelqu'un dont la vue inquiéta terriblement les enfants : une vieille dame frêle du nom de Mme Field, qui marchait en s'aidant de deux cannes, escortée par une infirmière autoritaire et musclée.

– Vous imaginez, si elle a une crise cardiaque ? murmura Madlyn.

– Ben on a prévenu les gens, dit Ned. Ce ne serait pas notre faute.

La personne la plus importante, toutefois, dans ce premier groupe de visiteurs, était le commandant Henry Pettseck, un célèbre explorateur qui donnait des conférences et passait à la télé. Le commandant Pettseck était allé à pied au pôle Nord où il avait laissé trois doigts : deux victimes du gel et un troisième qu'il avait sectionné lui-même entre ses dents quand la gangrène s'en était emparée. Il avait traversé le Sahara sans le moindre dromadaire, en proie à une fièvre virulente. Il était en route pour Edimbourg où il allait donner une conférence sur le thème « Souffrances et Survie » quand il avait vu l'article et décidé de venir à Griffstone, juste histoire de rire.

Pas un seul membre de ce premier groupe de visiteurs ne croyait aux fantômes.

Mme Grove le fit traverser la cour intérieure et le conduisit à l'intérieur du bâtiment.

– Nous nous trouvons maintenant dans la partie la plus ancienne du château, commença-t-elle. Cette aile remonte à 1423 et...

Pendant qu'elle débitait son baratin, Frim bâillait, les fillettes mastiquaient leurs caramels et Henry Pettseck, assis sur sa canne-siège, arborait un air supérieur.

– Eeehhh ! s'écria alors Lavinia. (Sa mâchoire se décrocha et un filet poisseux lui dégoulina sur le menton.) Regardez le coffre, là !

Le couvercle d'un vieux coffre en chêne s'ouvrait lentement... très lentement. Une main en sortit. Une main des plus particulières...

C'était une main de squelette – mais elle n'était pas entièrement réduite aux os. Des lambeaux de muscle s'y accrochaient encore. Un nœud de chair par-ci, un fragment de tissu par-là...

Lavinia se mit à hurler, vite imitée par Lucy et Lettice.

– C'est un squelette !

– C'est un trucage, ricana Frim.

– Ce n'est pas bon pour vous, déclara l'infirmière autoritaire à la petite Mme Field. Je vais vous ramener à la maison.

– Non, non, c'est intéressant, répliqua la vieille dame en agrippant ses cannes. Je n'ai aucune envie de rentrer.

– Ce qui se présente à vos yeux est le célèbre Squelette de Griffstone, annonça Mme Grove. C'est un des squelettes les plus vieux d'Angleterre et il peut apparaître n'importe où dans le château.

D'entendre parler de lui en ces termes donna du courage à M. Smith. Il n'était pas un quelconque chauffeur de taxi obèse, il était le Squelette de Griffstone. Il rabattit complètement le couvercle. Il se redressa. Il roula de son œil unique et lança des regards mauvais à la ronde.

Les hurlements des petites filles s'élancèrent vers les aigus.

– Ça marche avec des câbles, jeta Frim.

Soudain, une odeur vint chatouiller le nez des visiteurs. C'était une odeur familière, mais qu'on ne se serait pas attendu à sentir en ces lieux. Un relent de pas lavé, de transpiration... Au même moment, une vague de musique déferla du couloir, et les visiteurs virent surgir dans l'encadrement de la porte... une paire de pieds.

Les Pieds marquèrent un temps d'arrêt, comme le font les artistes avant d'entrer en scène. Puis, ils s'avancèrent de deux pas et se mirent à danser, et plus ils dansaient, plus l'odeur de sueur s'accentuait, tandis que les muscles se contractaient, que les tendons s'étiraient, que les ongles trop longs claquaient sur les dalles – mais remarquablement en rythme, avec un sens musical absolument extraordinaire.

– Ce sont des marionnettes, ricana Frim.

Les Pieds continuèrent à danser. Et quand ils se dirigèrent vers le groupe de visiteurs qui les regardaient avec fascination, ni ils ne ralentirent ni ils ne s'arrêtèrent. On aurait dit que la musique les avait ensorcelés.

La professeure laissa échapper un hoquet de surprise.

– Une paire de pieds vient de me passer *au travers*.

Aux vestiaires, Ned changea de disque, faisant retentir les accords du célèbre quadrille du 51e régiment. Les Pieds dansèrent ce quadrille incroyablement difficile *en montant l'escalier* et sans faire une seule faute – après quoi, ils disparurent derrière les tentures de brocard du palier.

– Nous allons maintenant nous rendre aux oubliettes, enchaîna Mme Grove.

Les visiteurs lui emboîtèrent le pas. Le commandant Pettseck prit la tête du groupe pour bien montrer qu'il était important et différent des autres.

– C'est là qu'on jetait les prisonniers, expliqua Mme Grove. Ils atterrissaient souvent sur les corps d'autres hommes qui étaient déjà morts.

D'en haut, les enfants, penchés à la balustrade de bois,

virent avec inquiétude Mme Field suivre le groupe en clopinant vaillamment avec ses deux cannes.

– Je vais vous ramener à la maison, répéta l'infirmière autoritaire. Ce n'est pas un endroit pour vous.

– Non, s'il vous plaît, dit la vieille dame. Je veux voir ce qu'il y a ensuite.

Ce qu'il y eut ensuite, à la sortie des oubliettes, ce fut un grand nuage de vapeur, accompagné de cris aigus et troublants. Bientôt, ils distinguèrent à travers la vapeur la silhouette d'une blanchisseuse penchée sur un chaudron d'eau. Elle portait apparemment un bonnet et un grand tablier blancs, et ses plaintes et jurons leur parvenaient à travers les volutes de vapeur.

– Ça ne veut pas partir ! criait-elle. Je n'arrive pas à les faire partir !

Penchée sur la bassine, elle tirait de l'eau et frottait un tissu blanc couvert de taches rouges. Aussitôt qu'une tache s'en allait, une autre apparaissait.

– C'est du sang, murmura Lucy, qui agrippa ses sœurs par la main. Ça se voit, c'est tout rouge et poisseux.

À ce moment, la blanchisseuse se redressa et ils virent qu'elle portait non pas un bonnet, mais une couronne de mariée. De ses yeux luisants, elle parcourut l'assistance.

– Les hommes ! cracha-t-elle. Ce sont les hommes que je veux. Ce sont des hommes qui m'ont trahie et maintenant je vais me venger.

Dégoulinante d'eau et de sang, elle fondit sur le petit randonneur grassouillet et referma les doigts autour de son cou.

– Arrêtez ! Aaargh ! hoqueta le petit randonneur grassouillet.

– Je sais qui tu es ! cria-t-elle. Tu es Henry !

– Non, bafouilla-t-il. Je ne suis pas Henry. Je m'appelle Pete !

Frim, qui avait cessé de ricaner, recula de quelques pas.

La mariée hystérique traversa le randonneur nommé Pete et se jeta sur son ami.

– Alors, c'est toi, Henry ! hurla-t-elle.

– Non, non, non, bredouilla le grand randonneur mince, tout en essayant de la repousser. Je m'appelle Joe.

Le commandant Pettseck s'avança. On pouvait dire un tas de choses à son sujet, mais ce n'était pas un lâche.

– Moi, je m'appelle Henry.

Cette déclaration eut un effet foudroyant sur la mariée folle. Elle sauta à la gorge du commandant Pettseck, le bourra de coups de pied, s'efforça de lui planter les ongles dans les yeux.

– C'est Henry qui m'a tuée, glapit-elle. Et tu vas me le payer, maintenant !

Le commandant Pettseck était un homme fort, mais il ne faisait pas le poids face au spectre hystérique.

– C'était pas moi, c'était pas moi ! Je suis un autre Henry, hoqueta-t-il en agitant furieusement sa canne-siège.

– Vous venez de voir un autre des célèbres fantômes de Griffstone, dit Mme Grove quand le groupe s'éloigna en titubant des nuages de vapeur et des effluves de sang et de lessive. La Mariée sanguinolente, abattue par son amant le jour de son mariage… Il est bien malencontreux, poursuivit-elle, que le commandant Pettseck ait le même prénom que l'homme qui l'a assassinée.

En fait, l'homme qui avait tué Brenda ne s'appelait pas Henry, il s'appelait Roderick, mais pendant que les visiteurs faisaient la queue, Ned avait reconnu le commandant Pettseck. Il avait expliqué qui c'était aux fantômes, et Brenda avait tout de suite vu comment en tirer parti pour enrichir son numéro.

– Je veux m'en aller, grogna Frim. Où est la sortie ?

Mme Grove ne sembla pas l'entendre. Elle venait d'ouvrir une porte marquée « Musée », et les visiteurs la suivirent avec soumission, en traînant des pieds.

La pièce était parfaitement silencieuse. Le canard qui s'était étranglé en avalant une épinoche, le cheval à bascule éclopé et l'étui à masque à gaz en carton bouilli étaient tous à leur place.

– Je vais vous laisser regarder par vous-mêmes les pièces exposées, annonça Mme Grove. Si vous avez besoin d'un renseignement, n'hésitez pas à vous adresser au conservateur.

D'un geste de la main, elle désigna un homme assis sur une chaise près de la fenêtre, qui leur tournait le dos.

Les visiteurs s'efforcèrent de s'intéresser à la collection. Ils étaient blêmes et visiblement secoués – les randonneurs se passaient sans cesse la main sur le cou –, mais ils avaient tous l'impression que le pire était derrière eux. La professeure ne manqua pas de remarquer la moulure médiévale qui surmontait la cheminée. Puis, elle se pencha sur le Hoggart de Griffstone.

– Je n'ai jamais rien vu de pareil, avoua-t-elle à son assistante. Allez demander au conservateur de quoi il s'agit.

Angela s'approcha de la fenêtre et toussota.

– Excusez-moi, murmura-t-elle. Pouvez-vous m'aider...

L'homme pivota sur sa chaise.

– Non, répondit-il d'une voix tremblante. Je ne peux pas. Mais vous devez m'aider, *vous*.

Sur ces mots, il se leva et, posément, bouton par bouton, il ouvrit sa chemise.

Un bref instant, le temps de comprendre la vision d'horreur qui s'offrait à leurs yeux, tous les visiteurs se tinrent cois. Puis, les hurlements éclatèrent – et ils se ruèrent tous vers la porte.

Le spectre à la créature innommable qui lui rongeait la poitrine les prit de vitesse.

– Vous devez me délivrer de mon fardeau, vociféra-t-il en leur barrant le passage. Prenez-le, prenez-le ! (Il s'élança vers le commandant Pettseck.) Vous ! Vous qui êtes fort ! Arrachez-le de mon torse. Attrapez-le par la queue et tirez !

– Écartez-vous, cria le commandant. Vous êtes malsain !

– Oui, je suis malsain, mais vous devez me sauver. Ou

alors vous, ajouta-t-il en se tournant vers la professeure. Décrochez-le. Libérez-moi du rat !

Frim eut un haut-le-cœur et se pencha au-dessus d'un seau à cendres. Tout le monde reculait à présent, mais il n'y avait pas moyen d'échapper au fantôme et à son rat. Le spectre traversa comme une flèche la caisse des Pierres intéressantes et longea la machine à coudre qui avait appartenu à la grand-mère de Sir George. Il supplia, implora, conjura – il se mit à genoux et enlaça les jambes des visiteurs – et pendant tout ce temps, le détestable animal le mordait, le grignotait, lui rongeait la poitrine sans lâcher prise.

Même lorsqu'ils trouvèrent une issue et s'engouffrèrent dans l'escalier, les visiteurs continuèrent d'entendre sa voix démente. Les petites filles s'agrippaient à leurs parents, les randonneurs étaient d'une pâleur mortelle, l'assistante de la professeure pleurait. Ils n'avaient tous qu'une seule idée en tête : sortir du château, sortir... sortir...

Dans le vestibule, les Pieds dansaient encore. Le groupe traversa la pièce en les bousculant. L'infirmière s'était sauvée, laissant la vieille dame se débrouiller seule.

– Regardez ! Il y a une employée ! s'écria la professeure. Elle saura peut-être nous indiquer la sortie.

Tous se regardèrent en hésitant, mais au bout d'un moment le commandant Pettseck s'avança d'un pas décidé vers la jeune fille qui était tranquillement assise sur une chaise, à l'autre bout de la pièce.

– Par où sort-on d'ici ? demanda-t-il.

– Oui, la sortie, vite ! Montrez-nous la sortie ! clamèrent-ils en chœur.

La jeune fille sourit. C'était un gentil sourire qui calma les visiteurs terrifiés.

– Par ici, indiqua-t-elle.

Elle leva le bras et le tendit. Alors, elle poussa un léger soupir et son ventre ravissant se sépara en deux moitiés sanguinolentes, aux bords déchiquetés. La moitié supérieure s'éleva doucement vers le plafond, tandis que la partie inférieure, vêtue d'un somptueux pantalon de soie brodée, restait paisiblement assise sur la chaise.

Dans leur poste d'observation, les enfants attendaient avec impatience. Dès que Sunita se serait réunie, ils donneraient le signal à Mme Grove de faire sortir les visiteurs.

Cependant, quelque chose clochait. Le buste de Sunita flottait entre les lustres, haut dans la pièce, et ses cheveux volaient, comme soulevés par une brise invisible, mais elle ne redescendait pas. Elle fit le tour de la salle immense, baissant les yeux, l'air déconcertée. Elle était perdue. Elle ne trouvait plus sa moitié inférieure.

– Oh !

Madlyn attrapa la main de son frère. C'était horrible. Et si Sunita ne retrouvait jamais le reste d'elle-même ?

Ils levèrent les yeux vers le plafond d'où Sunita, croisant leur regard, leur adressa un clin d'œil éloquent.

Elle n'avait pas perdu le reste d'elle-même : elle faisait juste semblant pour rendre son numéro plus effrayant.

Mais cette dernière apparition avait été plus que ne pouvait le supporter l'un des visiteurs. On entendit une canne tomber par terre en cliquetant, puis le bruit mat d'un corps s'affaissant lourdement sur les dalles.

Ce n'était pas la frêle Mme Field qui s'était évanouie. C'était l'homme qui était allé au pôle Nord à pied et qui s'était sectionné son propre doigt entre ses dents, l'homme qui avait traversé le Sahara sans un seul dromadaire.

C'était le commandant Pettseck qui gisait par terre.

Chapitre douze

Ce fut un moment terrible.

– Pauvre homme, c'est abominable ! s'écria Tante Emily. Et s'il avait une commotion cérébrale ?

– Et s'il nous fait un procès ? renchérit Sir George. Nous serions ruinés.

Pendant qu'ils attendaient l'ambulance et que Mme Grove faisait sortir les autres visiteurs, toutes sortes de pensées les unes plus effroyables que les autres vinrent à l'esprit des occupants du château. Si le commandant était gravement blessé, ils n'oseraient plus jamais recevoir de visiteurs. Malgré leurs efforts acharnés, la première Journée portes ouvertes avec fantômes allait se solder par un échec.

Les fantômes, bien sûr, se sentirent tout de suite responsables.

– Je n'aurais peut-être pas dû l'étrangler si fort, dit Brenda.

M. Smith se reprocha d'avoir sorti la mauvaise main du coffre de chêne :

– Ça perturbe les gens, parfois, de voir ces lambeaux de muscle accrochés à l'os. Ça peut être très perturbant, ces lambeaux.

À l'arrivée des ambulanciers, le commandant Pettseck avait repris connaissance, mais ils tinrent absolument à l'emmener à l'hôpital pour faire un bilan et passer des scanners.

– On ne sait jamais, avec les chocs à la tête, déclara un des hommes, l'air solennel.

– Je n'aime pas la couleur de ses yeux, appuya le second.

Ils emmenèrent donc le commandant Pettseck et tout le monde, au château, se prépara anxieusement à attendre de ses nouvelles.

Sir George téléphona à l'hôpital en début d'après-midi, puis à nouveau une heure plus tard et encore une troisième fois, mais personne ne pouvait rien lui dire. Le commandant subissait toujours des examens.

– Si jamais ils lui trouvent quelque chose de grave, gémit Tante Emily, je ne me le pardonnerai jamais.

Le dîner se déroula dans un silence lugubre. Soudain, alors qu'ils débarrassaient la table, Ned déboula pour leur raconter ce qu'il avait vu au journal de 19 heures.

– Il était assis dans son lit, le commandant, entouré de journalistes, et il leur parlait de ce château incroyable, plein à craquer de fantômes.

Et ça ne manqua pas : le lendemain matin, le récit du commandant était dans tous les journaux, accompagné d'une grande photo de lui et d'une de Griffstone, plus petite et floue.

Le lendemain, le commandant donna une conférence. Mais ce n'était pas sa conférence habituelle, « Mon voyage au pôle Nord », ni celle intitulée « Mes voyages au Sahara ». C'en était une nouvelle, qu'il avait appelée : « Mes aventures dans la demeure la plus hantée de Grande-Bretagne. »

Et c'est ainsi qu'en quelques jours à peine, le nombre de visiteurs de Griffstone doubla, tripla, puis quadrupla. Les gens y entraînaient des enfants difficiles, dans l'espoir qu'une grosse frousse leur apprendrait à bien se tenir. Des bandes de jeunes abandonnaient leurs jeux informatiques pour voir le château. Il arrivait des groupes en provenance des clubs de bowling, des associations de cricket, et des syndicats de transports routiers, de fabricants de fromages ou de dentistes.

Qui plus est, les premiers visiteurs, qui étaient partis en hurlant, revinrent accompagnés de leurs amis. Les randonneurs que Brenda avait à moitié étranglés amenèrent leurs camarades du club des Marcheurs, et la professeure une flopée d'étudiants ; les petites filles persuadèrent leur institutrice de faire venir toute la classe – et la vieille Mme Field amena son kinésithérapeute.

– Je ne comprends pas, s'étonnait la pauvre Tante Emily. Les gens *aiment* avoir peur ?

Ils portèrent le nombre de Journées portes ouvertes à deux par semaine, puis à trois. Ils auraient pu remplir le château tous les jours, mais ils ne le faisaient pas de crainte d'épuiser les fantômes.

– Ils travaillent tellement dur, disait Madlyn. Ce ne serait pas juste.

Les Pieds dansaient avec une telle énergie qu'ils s'étaient fait des ampoules ectoplasmiques aux gros orteils et, entre les visites, ils rampaient dans la maison de poupées et dormaient sans interruption.

– J'aimerais tellement pouvoir faire quelque chose pour eux, déclara Rollo.

– On pourrait peut-être les laver, proposa Madlyn. Dans la Bible, ils passent leur temps à se laver les pieds.

Mais personne ne savait très bien comment s'y prendre et, de toute façon, laver les Pieds leur paraissait plutôt malpoli, aussi y renoncèrent-ils. Tout le monde aimait beaucoup les Pieds, finalement. Leur présence n'était pas sans évoquer celle d'un chien, qui comprend bien plus que les gens ne le croiraient de prime abord.

Les fantômes étaient très heureux de voir à quel point ils étaient utiles. Après des années d'errance, ils avaient l'impression d'avoir enfin un foyer.

Le bonheur est bon pour la santé, et cela vaut pour les fantômes autant que pour n'importe qui. Le rat s'apaisa ; il restait parfois plusieurs heures d'affilée sans ronger. Brenda hurlait moins et elle admit un jour qu'elle avait peut-être été un peu injuste envers Roderick, l'homme qui l'avait tuée.

– Il était parti au front en Birmanie, vous comprenez, et ma mère m'a dit que je devais épouser quelqu'un de riche, alors j'ai accepté la demande en mariage d'un type qui fabriquait des godillots pour l'armée.

Après la première semaine, le Cousin Howard se rendit à bicyclette à Greenwood pour remercier de leur aide Mme Lee-Perry et les fantômes des Réunions du jeudi.

– C'est merveilleux de savoir que les vaches de Sir George ne craignent plus rien, déclara Fifi Fenwick.

Car, bien sûr, c'était ça qui comptait. Aussitôt que l'argent se mit à entrer dans les caisses – à affluer, même –, les travaux commencèrent dans le parc. Le mur d'enceinte fut réparé, la rivière draguée, les bosquets dégagés de leurs branches mortes. Sir George avait maintenant la démarche élastique, et quand des experts en bétail venaient d'autres pays, il leur faisait visiter le parc avec fierté.

– Tu verras, mon garçon, dit il à Rollo, nous aurons bientôt le plus beau troupeau du monde.

– Nous avons déjà le plus beau troupeau du monde, rétorqua Rollo.

George et Emily remercièrent tous deux les enfants du fond du cœur et leur demandèrent ce qui leur ferait plaisir. Ils ne trouvèrent rien, du moins rien qui puisse s'acheter. Madlyn voulait que ses parents rentrent et Rollo voulait adopter un tigre de Sibérie au zoo, mais la liste d'attente était longue.

– Je crois que tu devrais t'acheter une jupe neuve, suggéra Madlyn à Tante Emily.

– Oh, non, ce serait impossible, ma chérie. Je ne

pourrais pas, répliqua Tante Emily, soucieuse et toute secouée. Je me suis faite à cette jupe et je n'ai aucune envie de m'habituer à une nouvelle, pas à mon âge.

Dans le parc, les bêtes levaient fièrement la tête, comme si elles savaient que leur avenir était assuré. À présent, quand Rollo y allait avec l'oncle de Ned, il pouvait reconnaître tous les animaux. Les deux veaux qui étaient amis et dormaient tête-bêche, chacun la tête sur le dos de l'autre ; les vaches aux cils incroyablement longs, qui se rafraîchissaient les pattes dans la rivière pendant des heures ; le bœuf qui refusait de se battre et passait la journée à somnoler sous son saule pleureur préféré...

Puis, un beau jour, Sir George descendit du toit avec son télescope.

– Il y a plus de voitures qui viennent ici que de voitures qui vont aux Hauts de Trembellow, annonça-t-il.

Il s'efforça de masquer sa joie, sans y parvenir. Il avait l'air vraiment, vraiment très content.

Chapitre treize

Lord Trembellow enquiquinait ses ouvriers dans sa nouvelle gravière quand Olive arriva dans une des voitures avec chauffeur des Trembellow.

– Papa, j'ai de mauvaises nouvelles. J'ai les chiffres d'hier. Griffstone nous a battus de trente-sept visiteurs. *Trente-sept !*

Son visage au teint cireux était encore plus crispé que d'habitude ; on voyait que les horribles chiffres lui rongeaient le cerveau.

Lord Trembellow avait acheté la gravière depuis seulement deux semaines mais déjà des camions Trembellow affluaient, chargeaient du gravier et repartaient sans arrêt. De longues balafres déchiraient les flancs de la colline ; en si peu de temps, presque toute l'herbe avait disparu. Le vacarme des excavateurs, pelleteuses et autres engins de terrassement était assourdissant. L'air était saturé de poussière et de relents de diesel. C'était la cinquième gravière de Lord Trembellow et c'était aussi la plus vaste et la plus rentable.

– Ça doit être à cause de toutes ces sottises de fantômes, j'en suis sûr, répondit-il à sa fille. Des mensonges et des trucages, tout ça. Eh bien, on va leur damer le pion. S'ils ont pu trouver des fantômes, je ne vois pas pourquoi on n'en trouverait pas nous aussi. Et les nôtres, de fantômes, ils seront plus grands, plus effrayants et plus nombreux !

Alors, ce soir-là, Lord Trembellow appela son fils Neville à Londres et lui demanda d'acheter quelques fantômes.

– Ne regarde pas à la dépense. Achète ce qu'il y a de mieux.

Lequel Neville rétorqua qu'il ne savait pas comment on achète des fantômes et que, de toute façon, il s'apprêtait à partir en Écosse jouer au golf.

– On ferait mieux d'y aller nous-mêmes, papa, intervint Olive. Neville manque un peu de caractère, quelquefois.

Lord Trembellow et sa fille décidèrent donc de se rendre à Londres. Lady Trembellow n'eut pas envie de les accompagner. Depuis sa dernière plastie abdominale, elle se sentait mal, et la peau lui tirait. Ça avait beau être la plastie abdominale la plus chère au monde, elle était douloureuse.

Avant leur départ, ils dressèrent une liste d'achats.

– Rien de tel que des listes pour tenir ses affaires bien en ordre, déclara Lord Trembellow.

Il ouvrit le journal local où figurait une description des fantômes qui hantaient Griffstone.

– D'après l'article, ils ont une mariée sanguinolente. On a intérêt à en dégoter une, nous aussi.

– Pourquoi une seule, papa ? Pourquoi pas deux ? demanda Olive, qui nota : Mariées sanguinolentes, deux.

– Et un squelette, lut son père. C'est assez courant, ça, les squelettes. On pourrait en prendre une demi-douzaine.

Olive écrivit « Six squelettes ».

– Et puis il y a cet homme au rat, poursuivit Lord Trembellow. Ce Ranulf de Torqueville.

– On n'est pas obligés d'avoir juste un rat, dit Olive. On pourrait viser plus haut. On pourrait avoir *deux* rats, un pour devant et un pour derrière. Et cette fille sciée en deux. Pourquoi en deux seulement ? Pourquoi pas en quatre ? Ou en huit ? Huit morceaux de fille...

À leur arrivée à Londres, Olive et Lord Trembellow prirent leurs quartiers à l'hôtel le plus grand et le plus tape-à-l'œil de la ville. Le lendemain, ils se rendirent en taxi au magasin le plus grand et le plus tape-à-l'œil, où ils achetèrent deux longues robes de mariée en satin et quelques flacons de ketchup. Ensuite, ils allèrent dans une boutique qui fournissait les hôpitaux et les écoles pour les cours d'anatomie et ils y firent l'acquisition d'une demi-douzaine de squelettes.

– Les plus grands que vous ayiez, précisa Lord Trembellow.

Après ça, ils cherchèrent des rats dans une animalerie, mais les seuls à disposition étaient des rats blancs qui ne faisaient pas du tout l'affaire. Ils récupérèrent donc les coordonnées d'un dresseur d'animaux qui travaillait pour le cinéma et la télévision et l'homme accepta de leur amener deux rats cascadeurs. Il ne fut pas bien difficile d'embaucher des acteurs disposés à jouer les fantômes – les acteurs sont si souvent à court de travail qu'ils feraient n'importe quoi pour de l'argent. Enfin, un homme qui plaçait des artistes dans les cirques leur dit qu'il essaierait de leur envoyer une fille sciée.

– Et les Pieds sectionnés ? s'enquit Olive. Nous pourrions demander à un hôpital de nous en refiler une paire.

Mais son père jugea que ce n'était pas la peine :

– Avec tout ce que nous avons déjà rassemblé, nous avons de quoi coller une peur bleue à tout le monde.

Ils se mirent au travail dès leur retour à Trembellow, mais les préparatifs ne se passèrent pas sans heurts. L'acteur qui était censé incarner Ranulf de Torqueville tourna de l'œil aussitôt qu'il aperçut les rats, ce qui les obligea à les remplacer par des rats gonflables. Les deux mariées sanguinolentes furent prises d'une antipathie aussi réciproque qu'immédiate et la fille sciée, atteinte d'une inflammation des amygdales, ne se présenta jamais au château. Pour compenser son absence, ils commandèrent une douzaine de squelettes supplémentaires et confièrent à la société d'informatique la plus chère qu'ils purent trouver le soin de les faire danser et jaillir hors des placards avec d'effrayants rictus.

– Ce sera parfait le soir de l'inauguration, annonça

Lord Trembellow. Il y a intérêt, avec tout l'argent qu'on a dépensé.

Ce ne fut pas le cas. Le faux Ranulf adorait les bijoux et, quand il ouvrit sa chemise d'un grand geste brusque, sa bague en grenat brut accrocha le dos de caoutchouc du rat de devant. L'animal se dégonfla avec un couinement triste. Lorsque les visiteurs passèrent devant les mariées sanguinolentes, la première envoya un coup de coude dans les côtes de sa rivale qui trébucha et laissa échapper le flacon de ketchup caché dans son soutien-gorge. Le flacon se fracassa, éclaboussant les chaussures blanches d'une certaine Mme Price, de Barnsley, que ça n'amusa pas du tout.

Restaient les squelettes. Ils prirent un bon début, sautant, cliquetant, ricanant et baragouinant de façon assez convaincante... mais les informaticiens les plus chers ne sont pas toujours les meilleurs. Les squelettes accélérèrent soudain la cadence ; on entendit une sorte de gémissement suraigu, suivi d'un bourdonnement... et un fatras d'os emmêlés s'écroula sur le sol.

Les os, c'était fort déplorable, avaient été soigneusement marqués à l'encre bleue pour les écoles qui les avaient commandés à des fins pédagogiques. Or, un squelette qui porte le tampon « Propriété du collège d'enseignement professionnel de Saint-Oswald » peut difficilement provoquer la terreur...

– Je ne comprends pas, grogna Lord Trembellow après le départ des visiteurs, qui n'avaient pas manqué de se moquer des spectres. Pourquoi les fantômes marchent-ils à Griffstone et pas ici ?

Lady Trembellow était allongée sur le canapé, une bouillotte sur le ventre.

– Peut-être les fantômes de Griffstone sont-ils vrais ? suggéra-t-elle timidement.

– Ne sois pas ridicule, Phyllis, lança sèchement son mari.

Il était temps qu'elle se fasse ravaler un peu la façade, songea-t-il. Peut-être un peu de silicone dans les lèvres pour lui donner une moue appétissante. Elle n'avait toujours pas l'allure qu'il aurait souhaitée pour son épouse.

Quant à Olive, elle toisa sa mère car, une fois de plus, elle se demandait comment elle qui était si intelligente avait pu naître d'une mère aussi irrécupérablement stupide. Une femme qui croyait aux fantômes.

Chapitre quatorze

La journée commença comme n'importe quelle autre journée d'été depuis l'arrivée des fantômes. Les enfants montèrent à la nursery dire bonjour aux fantômes puis, tous ensemble, ils allèrent s'asseoir sur la crête du mur pour regarder le parc et organiser ce nouveau jour.

Lequel s'annonçait exceptionnellement beau : une légère brume flottait dans la vallée, le ciel était limpide.

– C'était un peu idiot de ma part d'acheter des bottes en caoutchouc, avoua Madlyn.

Les bêtes s'étaient tellement habituées aux enfants qu'elles broutaient juste au pied du mur ou somnolaient à l'ombre du grand orme. Le plus jeune veau, celui que Rollo avait vu naître, levait la tête et remuait les oreilles quand Rollo l'appelait.

– Je suis sûr que je pourrais l'apprivoiser, dit Rollo, qui respectait néanmoins la règle de son grand-oncle et n'allait jamais dans le parc tout seul. Mais il ne faut pas l'apprivoiser, se reprit-il. Il doit rester libre et sauvage.

Sunita, bien entendu, pouvait descendre en flottant dans les pâturages aussi souvent qu'elle le souhaitait, auquel cas les bêtes se contentaient de lever la tête un bref instant avant de se remettre à brouter. Seule la doyenne des vaches, celle qui avait des cicatrices et la corne ratatinée, la suivait en boitillant, dans l'attente d'un mot gentil.

Le village tout entier semblait partager le bonheur du château. Certes, plus de visiteurs au château signifiait plus de clients pour les hôtels, les pubs et les magasins, mais il n'y avait pas que ça. Ned avait raison quand il avait dit à Madlyn que le troupeau appartenait à tout le monde.

Quant aux fantômes, ils ne se reposaient pas sur leurs lauriers pour autant. Avant chaque Journée portes ouvertes, ils élaboraient de nouvelles façons d'effrayer les visiteurs. Bien que les fantômes et les enfants se seraient volontiers attardés dehors, ils repartirent d'ailleurs vers le château pour une autre répétition.

Ils traversaient la cour quand une camionnette marron se rangea devant le portail. Les mots « Services vétérinaires » étaient peints sur la carrosserie, et trois individus en blouse blanche en sortirent.

Le premier était un petit homme au visage rusé, affublé d'une barbe noire pointue, d'épaisses lunettes à monture noire et d'un stéthoscope autour du cou.

Le deuxième était grand et dégingandé ; il avait

la pomme d'Adam saillante et portait une mallette de docteur.

Le troisième, le conducteur, avait les cheveux lissés en arrière, des lèvres charnues et des souliers impeccablement astiqués ; il tenait un bloc-notes à la main.

Quand les portières de la camionnette s'ouvrirent, les enfants aperçurent toute une collection d'instruments à l'intérieur : des seringues, des rouleaux de tuyaux en caoutchouc, des thermomètres et des fioles.

Les fantômes s'éclipsèrent et les enfants s'approchèrent des nouveaux venus.

– Bonjour. Est-ce qu'on peut vous aider ? demanda poliment Madlyn.

– Nous voulons voir Sir George Percival, répondit l'homme au visage rusé, tout en lui tendant une carte avec l'inscription « Services vétérinaires (région Nord) ».

– Je vais le prévenir.

Elle partit en courant et revint avec Sir George.

– Je crains que vous ne vous trompiez d'adresse, déclara d'emblée ce dernier. Nous n'avons appelé aucun vétérinaire.

L'homme au visage rusé prit l'air offensé :

– Je suis le docteur Dale. Et voici mes assistants, M. Blenkinsop et M. French. Nous appartenons à la section spéciale du ministère de la Santé animale et nous effectuons un contrôle de routine des animaux de ferme de la région. Vous auriez dû recevoir une circulaire, normalement.

– Eh bien je n'ai rien reçu, rétorqua Sir George.

(Il n'appréciait pas particulièrement les hommes du ministère.) Je crois que vous devriez vous adresser à mon gardien, M. Grove. Il habite au village.

– Nous avons déjà tenté de contacter M. Grove. Il semblerait qu'il soit tombé malade, on craint une appendicite, m'a-t-on dit.

Ned laissa échapper une exclamation de surprise.

– Je ne savais pas que mon oncle était malade !

Les hommes en blouse blanche l'ignorèrent.

– Nous pouvons parfaitement effectuer les examens sans lui, reprit le Dr Dale. D'ailleurs, nous préférons travailler seuls. Alors, si vous aviez l'amabilité d'ouvrir les grilles du parc... Nous n'en avons que pour quelques heures.

Cela ne plaisait pas du tout à Sir George.

– Il serait très imprudent de votre part d'entrer dans le parc, objecta-t-il. Les bêtes ne sont pas méchantes, d'ordinaire, mais si des étrangers les dérangent...

Le Dr Dale sourit, l'air suffisant et sûr de son affaire :

– Nous avons l'habitude des animaux de toutes sortes.

Il jeta un coup d'œil à l'amoncellement d'instruments brillants à l'arrière de la camionnette.

Rollo se rapprocha et Sir George lui prit la main.

– Je suppose que vous souhaitez voir notre mandat, ajouta le Dr Dale.

– Et comment donc !

Le Dr Dale se tourna vers l'homme aux cheveux plaqués, qui sortit une grosse liasse de papiers et de formulaires, tous estampillés des initiales SV pour « Services vétérinaires ».

– Très bien, admit Sir George à contrecœur. Mais nous sommes bien d'accord que vous entrez dans le parc à vos risques et périls.

– Il n'y a pas lieu de vous inquiéter, assura le Dr Dale. Nous voulons juste faire quelques prises de sang et quelques prélèvements de salive et de peau que nous enverrons au labo pour analyse. Nous faisons ça tous les jours. C'est grâce à notre travail que les beaux troupeaux de ce pays demeurent en parfaite santé.

Sir George, la mine morose et en colère, alla donc ouvrir les grilles et la camionnette s'enfonça le long de la piste, à la recherche du troupeau qui était monté sur le plateau, près de la cascade.

Les hommes s'absentèrent deux bonnes heures. À leur retour, ils se montrèrent laconiques, mais rassurants.

– Nous devrions avoir les résultats dans deux ou trois jours. Comme notre labo est dans le Sud, nous allons devoir envoyer les prélèvements par courrier spécial, mais je suis certain que nous trouverons vos magnifiques animaux en parfaite santé.

Sur ces mots, ils repartirent dans leur camionnette marron.

– Je suis sûre que tout ira bien, George, dit Tante Emily en posant la main sur le bras de son frère. Tu te souviens lorsqu'ils ont fait subir des examens aux moutons de Greenwood pour voir s'ils avaient la douve du foie ? Et que pour finir tout s'est très bien passé ?

Sir George se contenta de froncer les sourcils.

– Où est le garçon ? demanda-t-il.

Rollo avait disparu, et personne ne le revit de toute la journée.

Ils essayèrent de continuer comme si de rien n'était. Les fantômes travaillèrent plus dur que jamais et redoublèrent d'inventivité. Brenda avait décidé de sortir d'un tableau de la salle de banquet. C'était le portrait d'une dame blonde avec des boucles anglaises, en robe à crinoline, et Brenda estima que cela créerait un effet du tonnerre si son visage se muait progressivement pour devenir celui d'une mariée sanguinolente. M. Smith s'entraînait à un numéro qu'il appelait le « Saut périlleux de la mort » et les Pieds avaient appris à danser le tango chaussés des bottes de cheval de Sir George.

Pourtant, personne ne parvenait à masquer totalement son inquiétude.

Ned et sa mère allèrent rendre visite à son oncle à l'hôpital. Le gardien du parc avait été pris de violentes crampes d'estomac, et les médecins refusaient de le laisser partir tant qu'ils n'en auraient pas déterminé la cause.

– Je suis certain que le troupeau est en pleine forme, protesta-t-il en s'agitant dans son lit.

Tout le monde se faisait du souci et parlait des hommes en blouse blanche – tout le monde sauf Rollo. Rollo ne disait rien, et si jamais quelqu'un y faisait allusion, il quittait la pièce. À table, il chipotait dans son assiette, et Madlyn passait ses nuits à faire des allers-retours entre leurs deux chambres car il criait dans son sommeil.

Deux jours s'écoulèrent ainsi, puis trois, puis quatre. Le cinquième jour, les hommes revinrent.

– Inutile de tourner autour du pot, monsieur, annonça le Dr Dale à peine sorti de la camionnette. Les nouvelles sont mauvaises. Nous avons pensé que vous aimeriez voir les résultats des examens par vous-même. Voici les chiffres des expectorations. Comme vous le voyez, il y a neuf milligrammes de polluant par cm^3 chez tous les animaux testés. C'est un signe indicatif très fort. (Il présenta un autre dossier.) Et voici les résultats des analyses d'urine. (Il se tut pendant que Sir George scrutait les colonnes de chiffres.) J'ai bien peur qu'ils ne permettent aucun doute. Quant aux examens de sang... eh bien, jugez vous-même. Avec des chiffres qui frôlent les cinquante, nous devons parler de grave contamination.

– De plus, poursuivit le grand assistant dégingandé à la pomme d'Adam saillante, nous avons relevé d'autres symptômes. Des claquements de lèvres, des cloques sur les pattes.

– Non ! s'écria Rollo. Ce n'est pas vrai !

Les vétérinaires lui tournèrent le dos et s'adressèrent à Sir George.

– Mais qu'est-ce que... Qu'est-ce que ça signifie ? demanda ce dernier. Quelle maladie ont les bêtes ?

Les trois hommes le regardèrent avec compassion.

– Ces chiffres ne peuvent signifier qu'une seule et unique chose, j'en ai bien peur, reprit le Dr Dale. La maladie de Klappert.

– La maladie de Klappert ? Je n'en ai jamais entendu parler.

– Rien d'étonnant à cela. Cette maladie a été décrite pour la toute première fois par Klaus Klappert il y a une dizaine d'années. Depuis lors, nous l'étudions secrètement – il y a un centre de recherches non loin d'ici, et je crains (il baissa la voix d'un ton) qu'une souche du virus se soit échappée. Vous n'imaginez pas à quel point ce serait dangereux si jamais la maladie venait à se répandre. Les troupeaux de Grande-Bretagne pourraient être décimés.

– Je n'arrive pas à y croire. Pourquoi mon troupeau ?

Le Dr Dale haussa les épaules.

– Ce sont des choses qui arrivent. Peut-être est-ce la pureté de ce troupeau qui l'a empêché de développer une résistance au virus. Je comprends que ce soit un choc, mais en agissant avec détermination et célérité, nous pourrons limiter les dégâts dans la région.

– Qu'appelez-vous agir avec détermination et célérité ?

Mais il le savait avant même que le Dr Dale ne réponde.

– Il va falloir éliminer le troupeau tout entier, monsieur. C'est la loi dans un cas pareil.

« Éliminer » était un terme que les scientifiques employaient quand ils voulaient dire tuer. Les bébés phoques sont *éliminés* quand on les massacre à coups de massue. Les blaireaux sont *éliminés* quand on les gaze dans leurs tanières.

Sir George se souvint de l'épidémie de fièvre aphteuse qui avait éclaté quelques années auparavant. Le gouvernement avait ordonné de tuer tous les troupeaux de moutons contaminés et d'enterrer ou de brûler les corps. On étourdissait les animaux avec des pistolets à tige perforante et on les conduisait aux champs réservés à l'abattage, ou alors on les tuait sur place. Quand la puanteur de la chair qui brûlait était devenue trop difficile à supporter, on s'était mis à enterrer les carcasses en les couvrant de chaux. Les fermes d'Angleterre étaient devenues d'horribles champs de bataille enfumés, où résonnaient les plaintes des personnes dont les bêtes étaient condamnées.

– C'était un véritable enfer, se rappela Sir George.

Entre-temps, spécifièrent les vétérinaires, il fallait appliquer la quarantaine la plus stricte. Ils sortirent de leur camionnette des pancartes marquées « Défense d'entrer » en lettres rouges, et « Quarantaine » en lettres jaunes, puis ils donnèrent leurs directives : creuser des fossés devant toutes les entrées et y placer des bacs de désinfectant où les gens devraient se tremper les pieds.

– Une fois que le troupeau aura été éliminé et les champs fumigés, vous pourrez de nouveau faire venir des personnes, mais pas avant. La zone tout entière doit être interdite d'accès.

– Vous voulez dire que nous ne pouvons plus tenir nos Journées portes ouvertes ? demanda Tante Emily.

– Certainement pas. Ce serait la meilleure façon de répandre l'infection.

Avant de remonter dans leur camionnette, les vétérinaires se voulurent quand même rassurants :

– Vos bêtes ne souffriront pas un seul instant. À partir du moment où elles seront étourdies et où leurs pattes lâcheront, tout sera fini pour elles. Beaucoup d'êtres humains souhaiteraient avoir une mort aussi peu douloureuse.

Sur ces mots, ils partirent.

Chapitre quinze

Sir George n'aimait pas les pique-niques, et encore moins les pique-niques au bord de la mer. Il n'aimait pas s'asseoir raide comme un piquet sur le sable, patauger dans l'eau glacée ni crapahuter dans les dunes en trimbalant des paniers de provisions et des couvertures.

Pourtant, trois jours après la visite des hommes en blouse blanche, Sir George était assis sur la plage et regardait la mer, les jambes étendues devant lui, le chapeau de tweed vissé sur la tête – et sa sœur Emily à côté de lui. Elle ne raffolait pas des pique-niques, elle non plus : s'asseoir sans dossier lui faisait mal au dos, mais les Percival jugeaient vulgaires les chaises pliantes, les parasols et ce genre d'attirail. Sir George portait son costume de tweed, Emily sa jupe de tricot vieille de quinze ans et tous les deux n'aspiraient qu'à une seule chose : que le pique-nique soit terminé, et la journée avec.

La baie était magnifique : plage de sable blond en demi-cercle, deux îles à l'horizon, une brise juste assez forte pour coiffer les vagues de petites crêtes d'écume blanche. La marée était basse : le sable dur dessinait des ondulations, les rochers scintillaient au soleil. Madlyn et Ned avaient apporté leurs épuisettes et pêchaient dans les mares, en appelant Rollo lorsqu'ils dénichaient une étoile de mer, un crabe qui détalait ou un groupe d'anémones de mer.

Mais Rollo, qui aurait pu leur donner le nom de toutes les créatures marines qu'ils trouvaient, demeurait assis à côté de son grand-oncle George, silencieux et immobile, comme si lui aussi était vieux, souffrait du dos et attendait avec impatience la fin de la journée.

Les fantômes étaient restés au château. Ils tenaient compagnie au Cousin Howard.

– Ce sont les embruns, vous savez, avait expliqué Ranulf. Un ectoplasme de fantôme résiste presque à tout, mais le sel le ratatine.

Ce n'était pas vrai. Les fantômes n'aiment rien autant qu'une promenade au bord de la mer, mais les fantômes avaient fait preuve de délicatesse. Ils s'étaient dit qu'en cette journée historique et abominable, la famille souhaiterait sans doute rester seule.

Madlyn, qui venait d'attraper un minuscule poisson vert à la tête de grenouille, lança à Rollo :

– Regarde ! Je crois que c'est une blennie.

Rollo tourna la tête un instant, mais il ne bougea pas de sa place à côté de son grand-oncle.

Madlyn se mordit la lèvre.

– Je ne sais pas quoi faire, confia-t-elle à Ned d'un ton malheureux. Il ne peut pas continuer comme ça.

Elle rejeta le poisson dans la mare et écarta les cheveux qu'elle avait dans les yeux.

– Je ne veux pas embêter mes parents, mais je devrais peut-être leur demander de nous faire rentrer à la maison.

– Il ira mieux quand la journée sera finie, la consola Ned. Aujourd'hui, il n'arrête pas de se repasser l'histoire dans la tête.

Car c'était aujourd'hui que les hommes venaient chercher le troupeau. C'était pour éloigner Rollo que Sir George avait tenu à ce qu'ils partent tous pique-niquer.

– Viens, je vais t'offrir une glace, proposa Ned.

Ils achetèrent trois Esquimaux à la vanille au marchand de glaces et en donnèrent un à Rollo. Le garçon les remercia poliment mais, cinq minutes plus tard, il tenait toujours l'Esquimau devant lui et la glace fondait en dégoulinant sur sa main.

C'est dans cette ambiance que la journée traîna en longueur.

Ils déballèrent le déjeuner qu'avait préparé Tante Emily et tentèrent d'en tirer le meilleur parti. Les œufs n'étaient pas tout à fait durs et coulaient un peu quand on mordait dedans, les rondelles de concombre des sandwichs sautaient sur leurs genoux comme si elles étaient autopropulsées et les *scones* d'Emily dataient d'une lointaine Journée portes ouvertes. Mais tout cela n'avait guère d'importance puisque ce qu'ils mangeaient se retrouva vite complètement couvert de sable.

Dans l'après-midi, Madlyn et Ned rencontrèrent des enfants à l'autre bout de la plage et se joignirent à eux pour une partie de cricket. Vint enfin le moment où Oncle George sortit sa montre : il était quatre heures, ils pouvaient rentrer à la maison.

En traversant le village, ils n'eurent pas besoin de demander si tout était fini. Les gens se tenaient en silence devant leurs maisons, l'air grave, et ils saluaient Sir George d'un geste de la main comme s'ils rendaient hommage à un corbillard.

Même à travers les fenêtres de la voiture, les enfants « sentaient » ce qui s'était passé. Les effluves de l'été qui leur parvenaient d'habitude, portés par le vent, avaient disparu : le parfum des fleurs, de l'herbe fraîchement coupée et de la bruyère des collines. Une seule odeur remplaçait tout cela : la puanteur épaisse et sombre du désinfectant qui piquait les narines et vous prenait à la gorge.

Arrivés au château, ils grimpèrent l'escalier d'un pas raide. Les fantômes les attendaient au salon du premier étage.

– Nous voulions vous parler, dit Ranulf. (Il semblait tendu et fatigué, et on entendait, sous sa chemise, le rat qui rongeait furieusement.) Nous avons pris une décision. Nous avons l'impression que nous vous gênerons si nous restons. Vous souhaitez certainement être tranquilles, entre vous.

– En l'absence de Journées portes ouvertes, vous n'aurez pas besoin de nous, enchaîna M. Smith, nous allons donc partir et...

Ce qui se produisit soudain étonna tout le monde, et Madlyn plus encore.

S'il y avait bien une chose pour laquelle Madlyn était connue, c'était son humeur égale, ses bonnes manières et son désir de bien se comporter et de faire plaisir aux gens. Là, pourtant, elle fut prise d'une crise de fureur. Elle se mit à taper des pieds. Elle hurla. Elle lança des gros mots à la ronde.

– Comment osez-vous ? cria-t-elle aux fantômes. J'en ai RAS LE BOL ! Rollo se rend malade, il va sans doute mourir, mes parents sont à des kilomètres, moi je ne sais plus quoi faire et vous avez le culot de nous abandonner ! Je ne supporterai pas ça ! Je ne peux pas, je ne veux pas...

Sur ces mots, elle se jeta par terre et éclata en gros sanglots incontrôlables.

Les fantômes l'entourèrent, consternés. Tante Emily ne put s'approcher d'elle tant Madlyn envoyait des coups de pied.

– Laissez-moi tranquille. Je vous déteste tous. Fichez le camp et laissez-moi TRANQUILLE.

C'est alors, tandis qu'ils la regardaient tous sans savoir quoi faire, qu'on entendit... comme un mouvement... et que... de leur propre initiative, les Pieds s'avancèrent à pas lents et réguliers de Madlyn, encore secouée de sanglots.

Les Pieds ne dirent rien, pour des raisons évidentes, mais ils se placèrent de façon à veiller sur elle. Un pied se posta à sa gauche, un pied se posta à sa droite. Et ce qu'ils lui disaient était parfaitement clair :

– Nous t'aimons, disaient les Pieds, sans prononcer un seul mot. Nous ne te quitterons jamais. Notre place est ici.

Ce soir-là au dîner, Rollo mangea sans faire d'histoires puis il monta se coucher calmement et dormit. Il y a des jours où il faut savoir grandir vite, et le jour où le troupeau disparut de Griffstone fut l'un de ceux-là.

Chapitre seize

Les Trembellow étaient très contents d'eux-mêmes. Ils avaient fait une bonne action pour la campagne ; ils avaient aidé le ministère de la Santé animale à assurer la sécurité des fermes de Grande-Bretagne... et ils avaient gagné une coquette somme d'argent au passage.

– Nous aurions pu obtenir plus, bien sûr, beaucoup plus, clamait Lord Trembellow en piquant une tranche de lard frit. Mais il était de mon devoir d'aider ces hommes.

La famille était réunie autour du petit déjeuner. Olive n'allait pas à l'école – trop intelligente pour suivre des cours avec des enfants ordinaires, elle avait un professeur particulier qui lui prodiguait son enseignement tous les après-midi – et Neville était venu de Londres.

– La numéro cinq est notre meilleure carrière, déclara Neville. Nous aurions pu leur réclamer une fortune pour s'en servir.

– Oui, papa, on aurait pu, renchérit Olive.

– C'est parfaitement exact, mon petit chou à la crème, répondit Lord Trembellow, tout en essuyant une coulure de marmelade sur son menton. Cependant, il faut parfois rendre service, tout simplement. Agir en fonction de ce qui vous paraît juste et bien.

Lady Trembellow manqua de s'étouffer avec un toast. Elle n'arrivait pas à se souvenir d'une seule fois où son mari avait voulu agir en fonction de ce qui paraissait juste et bien.

– Nous pouvons très bien nous débrouiller avec les quatre autres carrières, ajouta Lord Trembellow. Il n'y en a que pour trois mois, ensuite nous pourrons remettre la numéro cinq en service.

– Enfin, pas entièrement, le corrigea Lady Trembellow. Pas la partie où le troupeau est enterré.

– Non, pas cette partie, bien sûr, admit Lord Trembellow avec impatience. Nous ne voulons pas de fragments d'os qui viennent souiller notre gravier – le gravier Trembellow est célèbre pour sa pureté. La numéro cinq est une très vaste carrière. On peut laisser le terrain du fond en inactivité pendant très longtemps. Et le Dr Dale m'a garanti que les carcasses seraient ensevelies avec de grandes quantités de chaux et d'autres produits chimiques. Il ne restera pratiquement aucune trace des bêtes : les squelettes seront dissous eux aussi, et les affaires pourront reprendre normalement.

Lord Trembellow but une gorgée de café et sourit à sa famille :

– Ça n'aurait pas pu se goupiller mieux.

Les vétérinaires avaient mis des pancartes « Accès

interdit » à l'entrée de la gravière et fermé la route. La numéro cinq allait jouer les belles au bois dormant, coupée du monde, pendant que les animaux contaminés se décomposeraient dans le sol. Puis, dans trois mois, les camions Trembellow pourraient recommencer à aller et venir, et le secteur retrouverait sa propreté.

Cela étant, la véritable raison de la joie de Lord Trembellow était toute autre, bien sûr.

Le troupeau de Sir George avait disparu pour de bon. On racontait que le vieil homme avait baissé les bras – il ne tenterait pas de repeupler le parc de Griffstone. De toute façon, ces bêtes étaient les seules de leur espèce en Grande-Bretagne. C'était un homme brisé, à en croire la rumeur. De plus, maintenant que Griffstone était sous le coup d'une quarantaine et que les visites étaient interdites, il ne pourrait plus gagner d'argent en tenant ses Journées portes ouvertes. Toutes les mariées sanguinolentes et les filles sciées du monde ne pourraient pas l'aider, pensa Lord Trembellow en jubilant – ce qui signifiait que bientôt, très bientôt, Sir George lui vendrait le parc comme terrain à bâtir. À un prix bien inférieur à ce qu'il aurait pu en retirer avant.

Ces fichues vaches lui avaient trop longtemps barré la route, songea Lord Trembellow. Qu'elles soient en train de pourrir dans sa gravière lui mettait du baume au cœur.

– Deux cents maisons, murmura-t-il, voyant enfin arriver le moment où le parc serait utile.

Olive attrapa sa serviette et tamponna sa petite bouche pincée.

– Deux cent *cinquante*, tu ne crois pas, papa ?

Lady Trembellow ne dit rien. Son mari lui avait pris rendez-vous pour une opération des oreilles à Londres, mais elle lui préparait une surprise. C'était fini pour elle, la chirurgie esthétique. Ça lui était égal d'être mieux physiquement ou pas. Ce qu'elle voulait, c'était *se sentir* mieux et vivre mieux – et les Hauts de Trembellow n'étaient pas un bon endroit pour ça.

Personne ne le savait encore, mais Lady Trembellow allait partir.

Chapitre dix-sept

Toutes sortes de sottises ont été écrites au sujet des Hurlantes. Certains livres les rangent dans la famille des fées, d'autres les présentent comme des sorcières ou des fantômes. Elles sont censées annoncer la mort, et elles apparaissent donc quand quelqu'un va mourir. Mais cela pourrait aussi signifier qu'elles sont tellement hideuses que quiconque les voit meurt sous le choc – ce qui n'est absolument pas la même chose. Certaines légendes parlent de Hurlantes qui lavent le linge ensanglanté des morts, d'autres de Hurlantes exclusivement attachées au service des familles royales d'Irlande.

Pourtant, la plupart des livres s'accordent sur un point : les Hurlantes sont des êtres profondément tristes, et leur activité de prédilection consiste à *gémir* – à pousser des gémissements en bonne et due forme, accompagnés de hurlements et de pleurs –, tout en se tordant douloureusement les mains.

Les Hurlantes ont besoin de gémir comme les footballeurs ont besoin de taper dans le ballon, les chanteurs d'opéra de chanter et les acrobates de faire des sauts périlleux. Si elles n'ont pas la possibilité de gémir, elles s'enrayent. Toutefois, elles ont beau être bizarres et lugubres et aimer les lieux obscurs, les Hurlantes ne trichent pas. Elles gémissent quand elles ont une *raison*, et d'ordinaire cela implique que quelqu'un est mort.

Mais quelqu'un de quel genre ? Une Hurlante qui prend son travail au sérieux ne va pas gémir pour des voyous qui se sont bagarrés avec des bouteilles cassées et ont fini au cimetière local, ni pour un voleur de voiture qui s'est tué en faisant un rodéo au volant d'une voiture volée.

De nos jours, comme les gens deviennent de plus en plus désagréables et se massacrent les uns les autres dans des guerres idiotes, les Hurlantes se retrouvent souvent à gémir pour des animaux.

Les sœurs Johnston étaient assez âgées et elles partageaient une petite maison dans une rue tranquille d'une banlieue de Londres. À première vue, on les aurait crues exactement semblables à tant d'autres vieilles dames qui vivent ensemble sans embêter personne.

Cependant, si on y regardait attentivement, on pouvait déceler... des signes. Leurs yeux étaient légèrement gonflés, le bout de leur nez rougi par des années de pleurs, et des plaques chauves parsemaient leurs crânes aux endroits où elles s'étaient arraché des mèches de cheveux dans des accès de chagrin.

En outre, les cols de leurs robes noires étaient souvent humides, et elles ingurgitaient des quantités de thé impressionnantes. Pour produire des larmes, le corps a besoin de beaucoup de liquide – et rien de tel que du thé pour produire des larmes.

Elles étaient justement en train de boire du thé, assises autour de la théière bleue au couvre-théière en tricot bleu, en trempant des biscuits au gingembre dans leurs tasses, quand elles entendirent les journaux tomber dans la boîte aux lettres. Il y avait *Le Clairon du soir*, le *Radio Times*... et *La Gazette des Hurlantes*.

C'est dans *La Gazette des Hurlantes* qu'elles lurent la plus extraordinaire des nouvelles.

– Mon Dieu, quelle surprise ! s'écria l'aînée. Qui aurait imaginé une chose pareille ?

– Oui, vraiment, renchérit la sœur du milieu. C'est tout à fait extraordinaire. Et si soudain.

– S'il y a bien une chose à laquelle je ne m'attendais pas... murmura la benjamine, qui était fragile et prenait les choses très à cœur.

Un silence se fit. Les sœurs se resservirent du thé. Puis...

– Vous ne croyez pas... qu'on devrait... ? commença l'aînée.

– On peut se poser la question, c'est sûr, dit la sœur du milieu.

La benjamine avala sa dernière bouchée de biscuit et déclara :

– Ça fait drôlement longtemps que je n'ai pas eu l'occasion de pousser de bons gémissements. Je me sens bien rouillée. Mais c'est loin.

– Oui, pour être loin, c'est loin.

– Et nous ne sommes plus très jeunes.

– Non, nous ne sommes plus jeunes du tout, en convinrent les deux autres.

Il se fit un nouveau silence, que les sœurs meublèrent en reprenant du thé et en trempant d'autres gâteaux. Et puis...

– J'ai vraiment le sentiment que notre devoir est d'y aller, affirma l'aînée. Qui sait quel genre de Hurlantes ils ont dans le Nord ? Si ça se trouve, elles vivent dans des grottes et portent des peaux de bêtes.

Le lendemain matin, les trois dames partirent donc dans leur petite automobile noire. Elles avaient pris soin de ne pas la nettoyer, car elles voulaient se fondre dans le décor (les Hurlantes adorent se fondre dans le décor), et elles emportaient des provisions pour le voyage, des plaids et des sous-vêtements de rechange.

Toutefois, leur bagage le plus précieux était une énorme boîte en carton pleine à craquer de mouchoirs propres et fraîchement repassés, ce qui était très avisé. Une Hurlante n'a jamais trop de mouchoirs quand elle travaille, et leur mission dans le Nord lointain était une des plus importantes qu'elles aient jamais accomplies.

Rollo continuait de bien se tenir. Ça l'avait terriblement secoué de voir Madlyn dans un tel état de colère et de désespoir.

Mais il n'était plus le même qu'avant. Il était très silencieux ; on ne l'entendait plus jamais rire et il passait beaucoup de temps avec Sir George dans son bureau, à écouter ses souvenirs de guerre.

– On obéissait aux ordres, racontait Sir George. Quelquefois c'était très dur, et tu pensais que les ordres étaient mauvais, mais tu obéissais quand même parce que tu savais que les hommes qui les donnaient faisaient leur devoir. Et aujourd'hui c'est pareil. Les hommes qui ont emmené le troupeau obéissaient aux ordres du gouvernement. Ils faisaient leur devoir. Lorsqu'ils ont tué les animaux pendant la grande épidémie de fièvre aphteuse de 2001, les gens hurlaient et menaçaient de se suicider, mais ça n'avance à rien de faire des histoires. Nous devons obéir aux ordres et nous devons le faire sans broncher.

Voilà ce que déclarait le vieil homme à Rollo. Pourtant, quand il était seul, Sir George restait debout à sa fenêtre sans bouger et se demandait à quoi bon continuer.

La tristesse avait gagné tout le monde. Le Cousin Howard retourna à sa bibliothèque pour essayer de dénicher quelque chose sur le Hoggart – mais, à vrai dire, les recherches sur les Hoggarts l'intéressaient beaucoup moins que l'organisation des Journées portes ouvertes. Madlyn allait souvent chez Ned, où elle s'amusait à des jeux informatiques et s'efforçait de remonter le moral à l'oncle de Ned. Il était sorti de l'hôpital et se reprochait de ne pas avoir remarqué que les bêtes n'allaient pas bien.

– Je n'arrive pas à comprendre que je n'aie rien vu, répétait-il. Elles me paraissaient en pleine forme.

Le village était silencieux, lui aussi, d'un silence triste et apathique. Dans le parc, l'herbe était de plus en plus haute, les roses des haies sentaient le désinfectant. Et il pleuvait, pleuvait, pleuvait sans cesse.

Le troupeau avait disparu depuis plus d'une semaine quand Ranulf demanda aux enfants de monter à la nursery.

– C'est Sunita. Elle a le sentiment que nous devrions faire une chose dont elle veut vous parler. Vas-y, Sunita, explique-leur.

Sunita était debout à la fenêtre et regardait le parc vide. Elle se tourna et leur adressa la parole avec sa douceur habituelle, mais ils sentirent immédiatement que ce qu'elle disait comptait beaucoup pour elle.

– Je crois que nous devrions saluer les bêtes une dernière fois. Je crois que nous avons besoin d'aller voir l'endroit où elles sont enterrées et de souhaiter bon voyage à leurs esprits.

– Prier pour elles, c'est ça ? s'enquit Madlyn. Comme un service funéraire ?

– Enfin, oui... mais pas seulement. (Sunita hésita.) En Inde les vaches sont sacrées parce qu'elles fournissent du lait et donnent leur cuir. Elles sont sacrées aussi parce que... (Elle baissa les yeux, soudain embarrassée.)

parce qu'elles accompagnent les âmes des morts au ciel. Elles sont reliées au ciel, en quelque sorte. Autrefois, au moment des crémations, on emportait les corps des gens sur un chariot tiré par un taureau ou une vache pour les aider dans leur voyage. Je ne sais pas comment vous l'expliquer, mais elles sont... spéciales. Et je ne pense pas qu'elles doivent être juste enterrées et oubliées, comme ça, sans cérémonie.

– Une sorte de cérémonie d'adieu, déclara Ned.

– Oui. Et je crois que nous serions moins malheureux si c'était fait. C'est important de dire au revoir. (Elle se tut et regarda les enfants.) Qu'en pensez-vous ?

Rollo fut le premier à répondre.

– Oui, bien sûr. Nous avons été idiots de ne pas y penser plus tôt. Il faut qu'on y aille le plus vite possible.

Lord Trembellow n'avait caché à personne que les bêtes étaient enterrées dans sa gravière : il était fier d'avoir pu aider les vétérinaires à éliminer les animaux contaminés. Seulement, la gravière se trouvait à quinze kilomètres de là, sur l'autre versant de la colline.

– C'est trop loin pour faire l'aller-retour à pied, souligna Ned. Mais il y a un bus qui peut nous y conduire. Si ça n'ennuie pas les fantômes de se rendre invisibles, il ne devrait pas y avoir de problème.

Ils décidèrent d'agir sans avertir les adultes. L'occasion se présenta deux jours plus tard, quand les Percival furent invités à dîner chez le représentant de la Couronne du comté, qui habitait dans un manoir à une heure de voiture de Griffstone. George et Emily détestaient dîner dehors, car ça les obligeait à troquer leurs vêtements habituels pour une tenue de circonstance, à manger des choses qu'ils avaient du mal à digérer et à veiller tard.

Il n'empêche qu'ils y allèrent et dès que la Bentley de Sir George eut disparu au bout du chemin, les enfants et les fantômes filèrent à l'arrêt de bus devant l'église.

Lorsqu'ils arrivèrent à la route qui menait à la carrière numéro cinq, le soleil était déjà couché. Des rangées de cônes en plastique se dressaient en travers du chemin, une pancarte intimait « Zone interdite », et une autre « Défense d'entrer ». L'accès même à la gravière était barré par une corde. Les fenêtres des baraques de chantier étaient condamnées avec des planches. Le flanc de la colline, couvert d'entailles, avait un aspect sinistre et menaçant, l'eau des dernières pluies avait formé de grandes flaques et des boîtes en fer-blanc cabossées flottaient sur l'eau sale et grasse.

Rollo frissonna et Madlyn lui jeta un coup d'œil inquiet. Avaient-ils commis une erreur en venant ?

Il était certain que voir l'endroit où avaient fini ces ravissantes créatures à sang chaud ne faisait qu'aggraver les choses.

Les fantômes étaient partis de l'avant en glissant dans l'air. Sunita cherchait le lieu de sépulture avec détermination. Les Pieds la suivaient pas à pas.

La piste cahoteuse, boueuse et ravinée par les roues

des camions, obliquait sur la gauche et débouchait sur un terrain plus large.

– Voilà, dit Ranulf. Elles doivent être ensevelies là.

Ils étaient arrivés à un grand carré de terre fraîchement retournée. Des excavateurs et des pelleteuses étaient alignés sur le côté, comme des dinosaures.

Sunita hocha la tête.

– Oui. Ce doit être là.

Elle se mit à arpenter le lieu de sépulture de long en large, les bras tendus et penchée en avant, comme concentrée vers la terre.

– C'est bizarre, reprit-elle au bout de quelques instants. Je n'arrive pas à...

Elle s'interrompit brusquement et saisit la main de Brenda. Les enfants se serrèrent l'un contre l'autre ; les autres fantômes reculèrent d'un pas.

– Mon Dieu, s'écria Madlyn, qu'est-ce que c'est que ça ?

Des bruits abominables emplissaient soudain la carrière... des bruits comme aucun d'eux n'en avaient jamais entendu : horribles, troublants, avec quelque chose d'un peu obscène.

Tout d'abord une espèce d'affreux grognement gargouillant... puis un cri rauque et strident à la fois... et pour finir une sorte de klaxon qui se mua à mi-parcours en croassement grinçant.

– Qui est là ? hurla Ned.

Le bruit cessa d'un coup. Il se fit un silence total.

– C'était peut-être un animal ? suggéra Rollo.

Mais quel genre d'animal ? Et il y avait eu plus d'un son.

– Ça ne va pas m'arrêter, affirma Sunita. Si ce sont des loups-garous, nous pouvons leur tenir tête. Ils ne peuvent pas faire de mal aux fantômes.

Une fois de plus, elle entreprit de faire le tour du terrain fraîchement retourné en flottant à mi-air pour essayer d'établir le contact avec les esprits des créatures enfouies. Madlyn tenait à la main un bouquet de fleurs, attendant que Sunita donne le signal du début de la cérémonie.

Sunita continuait de décrire des cercles réguliers autour du lieu de sépulture, puis de le traverser de part en part, et ils voyaient bien qu'elle était de plus en plus hésitante et troublée.

– Je ne comprends pas, murmura-t-elle.

Cinq minutes s'écoulèrent, puis dix. Il faisait de plus en plus sombre et de plus en plus froid, et la perplexité de Sunita allait croissant.

C'est alors que le bruit recommença. Plus fort qu'avant et encore plus horrible, il se termina par une sorte de crachotement pitoyable.

Et de derrière une grande pelleteuse émergèrent... trois grands-mères.

Du moins ressemblaient-elles à des grands-mères, dans la tradition classique des grands-mères : un peu rondelettes, les cheveux gris, habillées tout en noir, tenant de surcroît pas seulement un mouchoir chacune, mais une poignée entière.

– Bien sûr ! s'écria Brenda. Je sais qui vous êtes. Vous êtes des Hurlantes.

– Oui, évidemment que nous sommes des Hurlantes. Et vous êtes des fantômes. Cependant je peux vous affirmer une chose : j'ignore ce que vous faites ici, mais vous perdez votre temps, dit l'aînée de ces dames.

– C'est une honte, dit celle du milieu. Nous allons nous plaindre à notre retour. *La Gazette des Hurlantes* était un journal sérieux, avant, mais c'est à croire qu'elle est prête à publier n'importe quoi aujourd'hui. Ils ne vérifient plus leurs infos. La pauvre Greta est dans un état abominable.

– Pour ça oui, dit la benjamine. J'ai l'estomac noué et la gorge grippée comme un moteur en panne.

– Les gens font toute une histoire de leurs problèmes de constipation, mais ce n'est rien comparé à un gémissement coincé dans l'organisme, ajouta l'aînée.

– Nous avons fait cinq cents kilomètres pour pousser un bon gémissement et... enfin, vous nous avez entendues, maugréa la grand-mère du milieu. Si la Société chorale des Hurlantes était là, nous serions radiées pour avoir produit un bruit pareil.

– Mais pourquoi ? Pourquoi n'arrivez-vous pas à gémir ? insista Brenda, qui se sentait proche de ces femmes.

– Nous n'arrivons pas à gémir parce qu'il n'y a pas *de quoi* gémir.

– Il n'y a rien *pour quoi* gémir.

– On ne gémit pas pour rien, vous le savez. Il faut qu'il y ait une raison.

Sunita s'avança vers les trois femmes. Elle avait l'air soulagée, comme si on lui avait ôté un poids des épaules.

– Oui, je vois, je vois. Je n'arrivais pas à comprendre. J'ai cru que j'avais perdu ma capacité à établir le contact. Mais elles ne sont pas là, hein ?

– Ça, c'est sûr, lâcha l'aînée des Hurlantes. Il n'y a rien sous cette terre à part de la terre et encore de la terre.

Rollo tremblait d'excitation.

– Vous voulez dire qu'elles ne sont pas mortes ?

Les Hurlantes haussèrent les épaules.

– On ne saurait pas vous dire. Ce qui est certain, c'est qu'elles ne sont pas là.

Chapitre dix-huit

Ils avaient forcé la porte de la baraque de chantier et les Hurlantes préparaient du thé.

Ils étaient drôlement serrés, là-dedans – contrairement aux fantômes, les Hurlantes étaient en chair et en os –, cependant l'atmosphère moite était rassurante. Les enfants avaient raté le dernier bus pour Griffstone, et les Hurlantes avaient proposé de les déposer en rentrant chez elles.

– Je ne comprends pas, dit Ranulf pour la deuxième fois. Pourquoi raconter que les bêtes sont enterrées là si elles ne le sont pas ? Que manigance Lord Trembellow ?

– Si c'est bien Lord Trembellow, répliqua M. Smith. Il s'est peut-être fait mener en bateau.

Mais pourquoi ?

Personne n'arrivait à le comprendre. Entre-temps, les Pieds avaient grimpé sur les genoux de l'aînée des Hurlantes et refusaient de descendre.

– J'ai l'impression de les avoir déjà vus quelque part, glissa-t-elle en caressant les orteils poilus.

– Oui, moi aussi, remarqua la sœur du milieu. À un endroit où nous serions allées travailler. À un enterrement, sans doute, mais je ne vois pas où.

Et la benjamine hocha la tête, car les Pieds lui semblaient familiers, à elle aussi.

Mais Rollo était obsédé par une pensée : qu'était devenu le troupeau ?

– Où peuvent-elles bien être ? n'arrêtait-il pas de répéter.

Madlyn soupirait, car elle trouvait cruel que Rollo ait une nouvelle raison d'espérer. Si les bêtes n'étaient pas ensevelies ici, elles devaient l'être ailleurs.

– Tout de même, c'est vraiment bizarre, reconnut Ned. Pourquoi faire semblant de les enterrer ?

Ils avaient fouillé le site avec leurs torches électriques, en vain. Après les pluies torrentielles, les traces de sabots ou de roues auraient été effacées, de toute façon.

Les Hurlantes buvaient leur thé à petites gorgées. La moiteur de l'air augmentait dans la baraque.

– Il nous faut de l'eau pour la bouilloire, signala la Hurlante du milieu.

– Je vais en chercher, lança Rollo.

Il prit la bouilloire et alla au robinet d'eau à l'arrière de la baraque. Il aperçut alors, coincé derrière le tuyau, un objet métallique long et fin. Il le dégagea et braqua dessus le faisceau de sa lampe : ça ressemblait à l'embout d'un pistolet à peinture. Eh bien, voilà qui ne les avançait pas beaucoup. Les ouvriers s'en étaient sans doute servi pour peindre les camions.

Rollo soupira. Si seulement il pouvait trouver un véritable indice – quelque chose qui prouve que les bêtes étaient passées par là –, mais il n'y avait rien.

Il retourna à l'intérieur.

Sir George était au lit depuis une heure lorsqu'il entendit frapper. Rollo, en pyjama, apparut dans l'embrasure de la porte.

– Il faut que je te parle.

– Grands dieux, mon garçon, on est en pleine nuit !

– Oui, je sais. Mais c'est terriblement important.

Sir George alluma sa lampe de chevet. Il avait une indigestion après son dîner au manoir, et le vin lui avait donné mal à la tête.

– Bon, alors. Qu'est-ce qu'il y a ?

Rollo se rapprocha.

– On est allés dire au revoir aux vaches, et elles n'étaient pas là.

Sir George s'extirpa brusquement de son demi-sommeil :

– Vous avez fait quoi ?

Et Rollo lui raconta leur visite à la carrière.

– ... mais Sunita n'arrivait pas à entrer en contact avec les esprits des vaches, et les Hurlantes n'arrivaient pas à gémir, ce qui signifie que les vaches ne sont pas enterrées dans la carrière.

Sir George regarda Rollo. Le visage du garçon brillait

d'excitation et il lui était très pénible de réduire ses espoirs à néant.

– Écoute, Rollo, j'ai le plus grand respect pour les fantômes. Les fantômes sont des êtres importants et vénérables. Mais ce sont des fantômes. Et les Hurlantes sont des Hurlantes. Ni les uns ni les autres n'appartiennent au monde réel. Le monde où des animaux sont contaminés et doivent êtres éliminés et ensevelis en lieu sûr.

– Sunita connaît le troupeau. Elle *sait*. Nous devons découvrir ce qui s'est passé, et où sont les bêtes.

Sir George soupira.

– Rollo, quelquefois, quand on veut quelque chose très fort, on est prêt à tout croire. Tu veux croire que les bêtes sont toujours en vie et moi aussi, mais...

– Elles sont toujours en vie. J'en suis sûr. Quelqu'un les a volées. J'en suis certain. Si tu voyais mon magazine du zoo... ça arrive tout le temps, que des animaux se fassent voler.

Sir George secoua la tête.

– Quel intérêt y aurait-il à les voler ? C'est le seul troupeau de vaches blanches du pays, on les reconnaîtrait tout de suite.

Cependant, après avoir renvoyé Rollo au lit, Sir George repensa à ce qu'avait raconté le garçon. Ça ne tenait pas debout, bien sûr que non. Il prenait ses désirs pour des réalités. Calé contre ses oreillers, Sir George se remémora le Débarquement. Son meilleur ami avait reçu une balle et il était tombé à ses côtés. Plus tard, profitant d'une accalmie dans les combats, George était allé le voir au poste de secours. Le médecin lui avait affirmé qu'il n'y avait aucun espoir, mais il avait refusé d'y croire.

– Il va se remettre, n'arrêtait-il pas de répéter. Il a de bonnes couleurs.

Le médecin avait raison, pourtant. Son camarade était mort dans la nuit.

Tout de même, songea alors Sir George, peut-être contacterait-il le ministère pour se faire confirmer l'identité des vétérinaires. Et ce serait une bonne idée d'avoir une petite conversation avec Lord Trembellow.

Rollo s'était enfin recouché, tous les enfants dormaient, le château était silencieux.

Les fantômes ne dormaient pas. Quand l'horloge sonna les douze coups de minuit, ils se glissèrent par les fenêtres de la nursery et s'avancèrent en flottant le long de la route qui traversait le village.

Personne ne les remarqua : ils étaient invisibles et se déplaçaient vite. Ils se séparèrent au premier carrefour. Ranulf et son rat partirent vers l'ouest, dans la direction des collines et des fermes de la région des lacs. Brenda prit la route de l'est, qui menait aux villages et aux stations balnéaires de la côte. Sunita et M. Smith continuèrent tout droit jusqu'au prochain croisement. Sunita et les Pieds mirent alors le cap au sud, vers les grandes villes, M. Smith fila vers le nord.

Ils n'en avaient pas soufflé mot aux enfants. Il vaut

mieux se passer de témoins lors d'une chasse aux fantômes, car ceux qu'on doit dénicher et interroger se méfient souvent des vivants – ils ne veulent parler ou apporter leur aide qu'à leurs semblables. Or c'était grâce à des spectres que les fantômes de Griffstone espéraient découvrir ce qui était advenu du troupeau.

Les ancêtres de Ranulf étaient originaires de la région des lacs ; les Torqueville y possédaient de vastes terres, et le frère cruel qui avait enfermé Ranulf était l'officier de la Couronne du comté de Westmorland. Les routes où circulaient aujourd'hui les voitures avaient été construites sur les chemins et sentiers d'enfance de Ranulf et beaucoup d'entre elles étaient encore étroites et raides. Si un camion assez gros pour contenir un troupeau de bêtes voulait traverser la région, il devait emprunter la grande autoroute de Keswick.

– Oh, calme-toi un peu ! jeta Ranulf au rat.

Mais le rongeur sentait qu'ils se dirigeaient vers sa terre natale. De son vivant, c'était un rat des bords du lac, un des six qui s'étaient installés dans la demeure ancestrale des Torqueville, et dans son excitation il sillonnait la poitrine de Ranulf comme si c'était une patinoire.

Juste avant l'autoroute était située une aire de repos avec des tables de pique-nique et des poubelles. C'était à cet endroit que Marmaduke Franshaw, le vieux copain de Ranulf, était mort et devenu fantôme. Il s'entraînait au tir à l'arc quand un orage avait éclaté et il n'avait rien trouvé de mieux que d'aller s'abriter sous un arbre : il fut foudroyé par un éclair.

Ranulf et Marmaduke avaient eu le même précepteur, fait du cheval ensemble et courtisé les mêmes jeunes filles. De son vivant, Marmaduke était un excellent chasseur qui pouvait pister n'importe quel animal. Si quelqu'un avait remarqué un gros camion transportant des animaux, c'était bien lui.

Ranulf s'assit sur une borne et s'apprêta à attendre.

Sunita fit sa première halte dans la ville où vivait le fantôme de la vieille femme à la tête pleine de poux, celle qui s'était présentée à l'audition mais avait préféré retourner vivre avec ses copains-copines. Elle avait dit qu'elle habitait dans un Abribus, à côté de l'abattoir.

Le simple mot « abattoir » soulevait le cœur de Sunita, mais elle devait mener l'enquête ; peut-être y avait-il un trafic d'animaux volés pour l'abattage.

– Nan, j'peux pas dire que j'aie remarqué quoi que ce soit, déclara la vieille femme quand Sunita l'eut retrouvée. (Elle se pencha au-dessus d'un brasero pour remuer quelque chose dans une marmite, et Sunita vit les poux, argentés sous le clair de lune, tomber un par un dans le ragoût.) Il est désaffecté, l'abattoir, maintenant ; tout est verrouillé. Je l'aurais remarqué si un camion était entré. Ces gros camions font un boucan épouvantable, comme des trains, avec les cages de fer et tout le bataclan. Des vraies saletés, ces engins.

Les Pieds, à côté de Sunita, s'agitaient. Ils ne *pensaient* pas que c'était mauvais pour Sunita de traîner près d'un abattoir en compagnie d'une vieille dame qui perdait ses poux dans son potage, ils ne pensaient rien – mais ils le sentaient par leurs plantes et par la peau de leurs orteils, aussi se rapprochèrent-ils d'elle.

– Ils t'aiment bien, hein ? dit la vieille femme en leur jetant un coup d'œil.

Elle fit signe aux autres fantômes qui vivaient eux aussi à la dure dans l'Abribus, mais personne n'avait rien vu. Sunita et les Pieds repartirent cahin-caha vers le sud. La nuit s'annonçait longue.

Le premier fantôme que rencontra Brenda en cheminant vers la côte fut Fifi Fenwick, qui promenait ses bull-terriers. En général, les chiens fantômes sont noirs, mais les bull-terriers de Fifi avaient conservé les couleurs qu'ils avaient de leur vivant – tout blancs avec une oreille marron pour certains –, et Brenda les repéra donc tout de suite.

Fifi fut terriblement intéressée d'apprendre que les bêtes n'étaient pas enterrées là où elles étaient censées l'être, bien sûr, et très désireuse d'aider, mais elle n'avait rien vu.

– Je passe la majeure partie de mon temps sur la plage. C'est plus facile avec les chiens. Mais je vais prévenir tous les amis des Réunions du jeudi, bien sûr. Quelqu'un aura peut-être entendu quelque chose. Ces camions font un raffut abominable ; même quand ils roulent de nuit, ils font trembler les vitres.

Fifi demanda à Brenda des nouvelles de sa mère et fut désolée d'apprendre qu'elle n'était pas devenue fantôme, mais demeurée là où elle était sous terre.

– Elle doit te manquer, dit-elle, et Brenda confirma qu'elle lui manquait terriblement.

– Évidemment, observa-t-elle, si elle ne m'avait pas obligée à épouser le fabricant de chaussures, Roderick ne m'aurait pas tuée et maman et moi aurions été ensemble plus longtemps.

– Il y a un grand garage sur la route de Seahouses, reprit Fifi. Il est ouvert toute la nuit et il y a des gens là-bas qui font un relevé de la route. Pour des travaux d'élargissement, je crois. Ils pourront peut-être t'aider.

Sur ces mots, elle appela ses chiens et partit vers la plage.

M. Smith, comme tous les chauffeurs de taxi, avait un excellent sens de l'orientation. Il pouvait visualiser les routes reliant l'Angleterre et l'Écosse aussi distinctement qu'il voyait les veines de sa main quand il avait encore des mains dignes de ce nom. Et des trois grandes routes qui desservaient le nord et traversaient la frontière, celle qu'un poids lourd était le plus susceptible d'emprunter était la route de la plaine, située entre la côte et les collines de Lammermuir.

La chance voulait que ce fût justement là qu'un de ses vieux amis, qui avait abandonné le taxi pour devenir chauffeur routier, avait eu un accident mortel.

Hal avait percuté de plein fouet un gigantesque camion à plate-forme qui avait dérapé sur une plaque de verglas, et depuis lors, Hal hantait le parking et le Restoroute voisin du lieu de son accident.

C'était un fantôme plutôt sociable, connu des habitués, et les chauffeurs qui mangeaient leur œuf au plat-frites le voyaient souvent déambuler entre les tables. Toutefois, la principale occupation d'Hal consistait à surveiller la circulation : il avait passé sa vie sur la route et pour lui, les voitures et les camions étaient comme des humains, ils avaient chacun leur personnalité. Quand il voyait passer un poids lourd du type de celui qui l'avait tué, il serrait les poings et le vitupérait jusqu'à ce qu'il le perde de vue.

M. Smith le repéra tout de suite. Planté au milieu du parking, Hal regardait fixement la route et n'avait pas changé du tout. Il avait toujours le bleu de mécanicien qu'il portait quand il conduisait, avec sa casquette plate, et M. Smith se sentit pris d'une brève inquiétude, car il avait, lui, terriblement changé.

Au début, d'ailleurs, Hal parut très surpris de voir un squelette venir à sa rencontre, mais dès que M. Smith le salua, son visage s'éclaira.

– Eh ben, eh ben, Doug, mon vieux, ça me fait plaisir

de te voir, assura Hal, qui toisa son ami de la tête aux pieds. Qu'est-ce que tu racontes de beau ? T'as sacrément maigri, hein ! (Là-dessus, Hal éclata de rire.) J'aurais jamais imaginé que tu finirais en squelette. Tu te souviens comment on te charriait tous parce que tu étais trop gros pour rentrer dans ton taxi ?

Ils parlèrent quelques instants du bon vieux temps, puis M. Smith en vint au vif du sujet.

– J'ai besoin de ton aide, Hal. Je cherche un gros camion, peut-être deux, qui transporteraient du bétail. Ils seraient passés par là un jour de la semaine dernière.

– Ah, je vois. (Hal souleva sa casquette et se gratta la tête.) Attends que je réfléchisse...

Dans la bibliothèque du Cousin Howard, les enfants attendaient. Ils avaient attendu là quasiment toute la journée : depuis qu'ils s'étaient levés et qu'ils avaient trouvé la nursery déserte.

Ils n'avaient pas eu le temps de paniquer, car le Cousin Howard leur avait transmis le message des fantômes dès leur réveil, mais l'attente était difficile. Les enfants n'auraient jamais cru que le temps pouvait s'écouler si lentement.

Et puis, en début d'après-midi, Sunita entra par la fenêtre, les Pieds dans les bras. Tous les deux paraissaient à bout de forces et avant même que Sunita secoue la tête, les enfants comprirent qu'elle revenait bredouille.

Brenda arriva peu après. Son voile était chiffonné et ses plaies s'étaient couvertes de croûtes pendant son périple.

– Rien, annonça-t-elle d'une voix fatiguée. Personne n'a rien vu.

Ranulf fut le suivant. Sa chemise bâillait, laissant voir le rat, exténué, qui pendait mollement sur son torse comme un vieux chiffon.

Ranulf ne dit pas un mot ; il se contenta de secouer la tête avant de s'écrouler sur le canapé.

Tout espoir était donc perdu. Mortes ou vives, les bêtes avaient disparu.

M. Smith fut le dernier à rentrer. Il était épuisé, lui aussi. Quand il se posa au sol, les os de ses jambes faillirent céder sous son poids, et il lui fallut quelques instants pour reprendre son souffle. Mais lorsqu'il se redressa, ils virent que son œil unique brillait et que son crâne semblait comme éclairé de l'intérieur.

– J'ai des nouvelles. Quelqu'un les a aperçues. Tout n'est pas perdu !

Et il leur raconta ce qu'il avait découvert.

– J'ai un copain, Hal Striver, qui est absolument incollable sur les transports routiers. Eh ben, la semaine dernière, jeudi soir, il a vu deux grands fourgons à bestiaux se ranger sur le parking, et un chauffeur en descendre. Il est entré dans le restau où il n'est pas resté plus d'une minute, et personne d'autre n'est sorti des véhicules. Alors Hal est allé jeter un coup d'œil et il a constaté que les bétaillères étaient pleines à craquer de vaches, toutes très calmes. Il a pensé qu'elles devaient être droguées. On drogue souvent les animaux, aujourd'hui, pour les transporter. Enfin, en tout cas, Hal a regardé dans la cabine du conducteur : une carte était posée sur le tableau de bord, avec un cercle tracé autour d'un lieu particulier.

À ce moment-là, M. Smith marqua une pause tandis que les enfants essayaient désespérément de masquer leur impatience.

– Hal dit qu'il sait où allait le troupeau. Dans un lieu qui s'appelle l'île de Blackscar. C'est de l'autre côté de la frontière, en Écosse, au large de la côte nord-est, et c'est un drôle d'endroit, d'après Hal. À marée basse, une chaussée permet d'y accéder, mais à marée haute, l'île est complètement coupée du continent. Personne n'en connaît grand-chose parce qu'elle est très isolée, et que ses propriétaires n'aiment pas les visites, mais Hal a remarqué d'autres fourgons qui s'y rendaient.

– Et il les a vus jeudi soir ? insista Ned.

M. Smith hocha la tête.

– Le jour où les vétérinaires sont venus prendre les bêtes.

– Est-ce que Hal a distingué leur couleur ? s'enquit Madlyn.

– Non. Il faisait noir et il n'y avait que de petits interstices entre les planches. Mais selon lui c'étaient bien des bêtes à cornes.

– Je ne comprends pas, avoua Sunita. Pourquoi faire

semblant d'enterrer le troupeau et ensuite l'emmener ailleurs ?

Personne ne le comprenait.

– Ça ne fait rien si on ne comprend pas, intervint alors Rollo. Nous découvrirons pourquoi sur place.

– Sur place où ça ? enchaîna Madlyn – même si elle savait, bien entendu.

– Sur cette île. À Blackscar.

Chapitre dix-neuf

Elle serait parvenue à retenir Rollo si tout ne s'était pas ligué contre elle, pensait Madlyn. Pour commencer, Sir George descendit prendre le petit déjeuner vêtu de son costume qui ne datait que de vingt ans à la place de sa veste et de son pantalon en tweed moutarde d'il y a trente ans, et il annonça qu'il partait pour Londres.

Il ne dit pas aux enfants pourquoi, mais il paraissait soucieux et préoccupé. En fait, il avait décidé de se rendre au ministère de la Santé animale pour en apprendre davantage sur la maladie qui avait frappé son troupeau.

Quant à Tante Emily, elle leur tint compagnie courageusement quelques instants, les jambes vacillantes et les yeux mi-clos pour se protéger de la lumière, avant de remonter se coucher, en proie à une de ses terribles migraines.

– Ça ira, tu crois, vous vous débrouillerez ? demanda-t-elle à Madlyn d'un ton inquiet. Mme Grove peut veiller sur vous, si tu veux ?

– Nous nous débrouillerons très bien, affirma Madlyn.

La dernière malchance de la série, pour Madlyn, fut que Mme Grove, ignorant que Tante Emily était alitée, avait pris le train pour Berwick, afin de rendre visite à son frère qui avait quitté l'hôpital et se reposait chez un ami.

Plus rien ne pouvait arrêter Rollo, à présent.

– Il faut aller à Blackscar. Il faut découvrir ce qui s'est passé, répétait-il.

Et il était inutile d'essayer de le ramener au bon sens, inutile de lui dire qu'Hal pouvait tout aussi bien avoir vu n'importe quel fourgon de bétail en route pour n'importe quel abattoir du pays : Rollo était comme un zombi. Il ne cessait de seriner :

– Faut qu'on y aille. Faut qu'on y aille.

– Et comment ? s'énerva Madlyn. Comment veux-tu y aller, sur cette île de Blackscar, hein ? Elle est à plus de cent cinquante kilomètres d'ici, de l'autre côté de la frontière.

– On peut s'y rendre en voiture.

– Ben voyons, en voiture ?! Et qui va nous emmener ?

– Je sais conduire, intervint alors Ned, à la surprise générale. Mon oncle me laisse conduire son break dans le parc.

Madlyn le fusilla du regard. D'ordinaire, Ned était de son côté ; elle avait pris l'habitude de compter sur son soutien.

– Ah bon ? Et tu as le permis de conduire, je suppose, à ton âge ?!

Ned haussa les épaules.

– J'ai pas dit que j'avais le permis, j'ai dit que je savais conduire.

– Pour te faire arrêter par la première voiture de police qu'on croise ? Tu es fou.

Rollo se tourna vers M. Smith :

– Vous devez savoir conduire, vous étiez chauffeur de taxi.

– J'ai peut-être été chauffeur de taxi autrefois, mais je suis un squelette, maintenant.

– Mais vous pourriez, s'il le fallait, non ? insista Rollo.

Le squelette soupira.

– Tu ne peux pas imaginer la force ectoplasmique que ça nécessite de soulever ou de déplacer des choses une fois qu'on est décédé, expliqua-t-il. Regarde Brenda : chaque fois qu'elle étrangle quelqu'un, elle a besoin de se reposer après. Ce n'est pas comme si nous étions des esprits frappeurs.

– Ah ça non, nous n'avons rien à voir avec les esprits frappeurs ! renchérit Ranulf, l'air scandalisé. Les esprits frappeurs ne sont que de vulgaires paquets de force brute.

– Et méchants, avec ça ! souligna Brenda. « Boum, vlan, patatras ! » Ils tapent n'importe comment, sans aucun talent. Aucun égard pour les gens.

– Bon, conclut Rollo. Alors il va falloir que ce soit Ned.

– Non ! objecta Madlyn. Je ne veux pas que Ned se retrouve en prison ni dans un centre de détention pour mineurs. S'il faut choisir entre un garçon de dix ans ou un squelette au volant, je préfère encore le squelette. De toute manière, ça ne sert à rien de discuter vu qu'on n'a pas de voiture. Oncle George a pris sa Bentley.

– Il y a le break de mon oncle, dit Ned. Il ne s'en est pas servi depuis sa sortie de l'hôpital. C'est une vieille guimbarde, mais elle marche.

Pour finir, le squelette et le garçon se relayèrent pour conduire le tacot branlant jusqu'à la côte est de l'Écosse, qui est plate, au niveau de la mer.

Ned avait rempli le réservoir à la pompe à essence de la ferme. Voyant qu'elle ne pourrait pas les retenir, Madlyn avait compris qu'elle devait les suivre : elle avait donc préparé un panier de provisions ainsi que des vêtements chauds et leurs brosses à dents. Si Rollo se faisait tuer par un voleur de bétail, au moins mourrait-il les dents propres.

Ils avaient attendu qu'il fasse nuit. M. Smith portait son manteau capuche relevée et personne ne l'arrêta, mais ce fut un voyage cauchemardesque. S'il avait été le plus sûr des conducteurs de son vivant, aujourd'hui les os de ses doigts glissaient sur le volant, et son œil unique lui donnait une vision déformée des choses. Ce n'était pas mieux quand Ned conduisait : il avait les jambes trop courtes pour atteindre les pédales et ses changements de vitesse faisaient grimacer M. Smith.

Depuis la banquette arrière, les fantômes envoyaient des vagues de force ectoplasmique pour les aider, cependant ce n'était pas facile. Le rat de Ranulf pantelait de façon inquiétante : les rongeurs supportent merveilleusement bien les traversées en bateau, mais le transport routier ne leur réussit pas. Quant à Brenda, prendre la voiture lui rappelait le trajet pour l'église le jour de son mariage et elle avait les larmes aux yeux.

Néanmoins, vaille que vaille, ils y parvinrent. Le parcours qui aurait dû prendre deux heures en prit presque quatre, mais l'aube était encore bien loin quand ils virent les contours des collines de Lammermuir se dessiner à l'ouest. Les faisceaux de leurs phares éclairèrent brièvement des champs pleins de moutons, des bosquets, une ferme çà et là. Toutefois, ils pénétraient dans une région déserte et désolée.

Puis, toujours avant le lever du soleil, ils débouchèrent devant la mer et distinguèrent dans l'eau une masse sombre et basse.

Ils étaient arrivés à destination.

La marée était haute. Ils entendaient l'eau clapoter contre les rochers. Inutile d'espérer traverser avant plusieurs heures ; ce qu'il leur fallait, maintenant, c'était un lieu où dormir.

– C'est l'endroit le plus abandonné que j'aie jamais vu, déclara Madlyn. On dirait qu'absolument personne ne vit ici.

Il n'y avait pas le moindre village à l'horizon, pas

même une ferme. En revanche, une église isolée se dressait sur une langue de terre.

C'était une chapelle toute petite et très simple, mais solide et construite pour résister aux vents marins. Il faisait trop sombre pour en saisir davantage que les contours : le clocher trapu, les fenêtres cintrées. Un cimetière entourait la bâtisse qui semblait se fondre dans le gazon d'où elle émergeait.

Les enfants gagnèrent à pas lents le grand portail de bois.

– Je suis sûr qu'il est fermé à clé, prédit Ned. Ils le sont toujours, maintenant.

Il ne l'était pas, pourtant. La porte recula en grinçant et les enfants se retrouvèrent dans la pénombre de l'intérieur. Quelques plaques de cuivre reflétaient le peu de lumière existante, mais l'église était aussi sobre à l'intérieur qu'à l'extérieur : une rangée de bancs garnis de coussins plats, des fenêtres aux vitres ordinaires.

– Vous croyez qu'on pourrait dormir ici ? demanda Madlyn. Ou est-ce que ce serait un manque de respect envers Dieu ?

– De tout temps, les gens se sont abrités dans les églises, affirma Ned. Ça s'appelle chercher asile.

– Oui, je sais, les gens... mais les fantômes ?

– Ça ne devrait pas poser de problème tant qu'ils n'étaient pas méchants de leur vivant.

Ils n'en étaient pas sûrs, cependant. Les pécheurs sont les bienvenus dans une église à partir du moment où ils se repentent, mais s'ils ne se sont pas repentis ? Ce serait très gênant que des coups de tonnerre ou des éclairs tombent du ciel au moment où leurs amis essaieraient d'entrer.

– Nous allons rester à l'extérieur, décida Ranulf. Les fantômes peuvent se reposer n'importe où.

Mais entrer dans l'église en laissant leurs amis dehors dans le froid paraissait impoli aux enfants.

Ranulf franchit donc le portail en flottant et il ne déclencha pas le moindre coup de tonnerre. Manifestement, Ranulf n'était pas méchant de son vivant, pas plus que le rat. (Ronger n'est pas méchant quand on est un rat, parce que les rats sont *censés* ronger.) M. Smith pénétra lui aussi paisiblement dans l'église, ainsi que Sunita.

Ils se faisaient un peu de souci pour Brenda qui avait failli à sa promesse envers Roderick. Toutefois, manquer à sa promesse a beau être mal, c'est si fréquent que ça ne compte pas vraiment comme un péché, aussi Brenda entra-t-elle également, et s'effondra sur un banc.

Alors Sunita se tourna vers les Pieds qui se tenaient devant l'ouverture.

– Allez, venez, mes chéris.

Mais les Pieds n'avancèrent pas, même pour Sunita. Les Pieds refusaient catégoriquement de fouler le sol de l'église ; ils ne voulaient même pas essayer d'en passer le seuil. Ils se détournèrent d'un pas ferme et les enfants virent leurs talons se diriger vers une pierre tombale avant que l'obscurité les recouvre totalement.

– Oh, bon, commenta Madlyn. Après tout, peut-être qu'ils ont juste envie d'être seuls.

Ils étaient tous trop fatigués pour discuter. Un à un, ils s'allongèrent sur les bancs et ne tardèrent pas à s'endormir.

Et pendant leur sommeil, l'eau se retira et Blackscar émergea progressivement des brumes matinales.

On l'appelait l'île de Blackscar bien que ce fût une île à mi-temps seulement. À marée basse, la chaussée construite sur les sables laissait s'acheminer des voitures et des gens venant du continent. À marée haute, elle n'était plus praticable et Blackscar devenait une île au même titre que n'importe quelle île de la mer du Nord.

Au temps jadis, les marins racontaient des histoires de gens ou de troupeaux de moutons marchant sur l'eau... et de miracles – en réalité, ils marchaient seulement sur la chaussée submergée. Quiconque s'aventurait à traverser au-delà de l'heure indiquée sur les panneaux courait le risque de se noyer – figurait à l'église une liste de ceux qui avaient péri ainsi. Alors, pour éviter que de pareils accidents se reproduisent, on avait érigé à mi-chemin une cabane de bois sur pilotis munie d'une échelle ; les voyageurs imprudents pouvaient s'y réfugier le temps que la marée change. On l'appelait la Boîte de Blackscar et ce n'était vraiment pas un endroit agréable où passer la nuit.

La côte des environs de Blackscar est d'un aspect sinistre : plate, un rivage plein de vase et couvert de roseaux, des bancs de sable – et l'île qui étire son triste bras de terre dans l'eau grise. Tout cela n'avait pas empêché un promoteur de construire un hôtel de luxe sur l'îlot quelques années auparavant. Il pensait que les gens seraient attirés par la difficulté de son accès, ainsi que par son isolement.

Le palace qu'il bâtit était majestueux : tours et tourelles, véranda privative pour chaque chambre à coucher, trois salons de réception, salles de bain équipées de baignoires en forme de coquille et de robinets plaqués or. Dans le parc, un kiosque à musique où pouvaient se produire des orchestres de passage.

Au début, des touristes venaient et l'hôtel marchait bien.

Mais le temps était abominable : les brouillards succédaient aux rafales de vent, sur fond de ciel morose. Les oiseaux dont les cris mélancoliques empêchaient les clients de dormir n'étaient pas le genre de gibier que les riches aiment chasser. Quant aux poissons... ce n'était que du poisson, pas de ces spécimens avec lesquels on est fier de se faire prendre en photo. Qui voudrait se faire photographier avec un hareng ?

Puis, un jour, un client très important refusa de tenir compte des horaires de marée et il se noya dans sa luxueuse automobile. Les clients se firent de plus en plus rares, et l'hôtel fit faillite.

Il resta vide pendant près de dix ans. Vint alors un très

grand médecin de Londres, qui racheta l'hôtel et toute l'île avec : les champs, les marais et la plage.

Le docteur s'appelait Maurice Manners et c'était un homme habité par un rêve.

Le Dr Manners s'installa dans l'aile principale de l'hôtel, qu'il aménagea de façon encore plus majestueuse, et il transforma les anciennes chambres des domestiques en ateliers et bureaux. Il fit construire des cabanes de bois et des remises, il créa des enclos et fit venir des gens qui partageaient ses intérêts pour travailler avec lui.

Seulement, quel était son secteur d'activité, au juste, nul ne le savait, car les visiteurs n'étaient pas les bienvenus à Blackscar. Le Dr Manners avait besoin de paix et de solitude pour son travail, et cela faisait maintenant longtemps que seules pouvaient fouler le sol de l'île les personnes qui y avaient été expressément invitées.

Rollo fut le premier à se réveiller. Il sortit de la chapelle et découvrit le ruban argenté de la route lavée par la mer, qui s'effaçait dans la brume matinale.

Il serait parti sur-le-champ si Madlyn n'avait pas exigé qu'ils mangent tous un peu de pain et de beurre et se décrassent de leur mieux au robinet de la sacristie. Comme ils s'étaient garés derrière l'église, avec un peu de chance, personne ne les avait vus de l'île et ils pourraient traverser à pied sans être repérés.

– Il faut qu'on se dépêche, insistait Rollo. Avant que tout le monde se réveille.

Les fantômes comptaient les accompagner, mais les Pieds leur causaient du souci. Les Pieds avaient passé la nuit sur une pierre tombale couverte de mousse, à la lisière du cimetière. À première vue, elle ne paraissait guère différente de toutes les autres : légèrement de travers, avec des bords qui s'effritaient et un nom difficile à lire gravé sur le devant. En l'occurrence, le nom incisé sur cette pierre était ISH, ce qui sortait de l'ordinaire, mais c'était là et pas ailleurs que les Pieds voulaient être et quand vint l'heure de partir pour l'île, les Pieds refusèrent de bouger.

Même Sunita n'arrivait pas à les convaincre. Quand elle les appelait, les Pieds faisaient quelques pas dans sa direction, puis ils se prenaient les pieds, en quelque sorte, ils s'emmêlaient les orteils et, malgré la fraîcheur du petit matin, ils se couvraient de sueur.

– On vous rattrapera, lança Ranulf aux enfants, qui descendirent sur la plage et s'engagèrent sur la chaussée.

Il n'était pas difficile de croire qu'à peine une heure plus tôt, la route était submergée : il y avait encore des flaques d'eau entre les pavés inégaux. De chaque côté, sur la plage, des échassiers et des pies de mer cherchaient des coquillages prisonniers des petites mares. En se retirant, l'eau s'accrochait en tourbillonnant aux piliers de bois.

À mi-chemin, ils passèrent devant la Boîte de Blackscar, et poursuivirent sans ralentir le pas. Ils ne pouvaient qu'espérer que la brume les rende invisibles depuis l'hôtel. Heureusement, ce dernier tournait le dos au continent, et la plupart des fenêtres donnaient sur le large.

En atteignant l'île, les enfants quittèrent la chaussée et descendirent sur la plage pour avancer au couvert des dunes, se faufilant entre les touffes d'oyats.

Jusqu'à présent, ils n'avaient rencontré personne.

De temps à autre, ils grimpaient au sommet d'une dune et plongeaient le regard vers l'intérieur de l'île. D'en haut, ils distinguaient la façade surchargée de l'hôtel, une rangée de cabanes de bois et un grand bâtiment sans fenêtres semblable à un hangar à avions.

Ils étaient arrivés à une petite baie qui disposait d'une jetée de bois. L'eau y était profonde et devait offrir un bon mouillage, mais il n'y avait pas l'ombre d'un bateau. Ils traversèrent en courant la plage de gros sable jusqu'à l'autre bout de la baie où la grève était plus basse et les dunes moins pentues. Une barque renversée leur offrit une cachette d'où épier les lieux.

Une volute de fumée s'élevait de la cheminée d'une des cabanes, bien qu'il semblait toujours n'y avoir personne dans les parages.

C'est alors qu'ils entendirent un bruit qui les tétanisa. Un long meuglement, suivi d'un silence. Puis le même son qui se répétait.

Plus question de retenir Rollo, à présent ; Ned et Madlyn n'essayèrent même pas. Il sortit à découvert et se précipita en direction du bruit, les deux autres enfants sur ses talons.

Ils contournèrent une haute clôture de bois surmontée d'un fil électrique et débouchèrent devant la porte d'un enclos.

Dans lequel se trouvait un troupeau de vaches.

Les trois enfants étaient parfaitement immobiles. Curieusement ce fut Madlyn, et non Rollo, qui dut refouler ses larmes en clignant des yeux. La déception de Rollo était si vive qu'il ne pouvait que regarder sans un mot, en serrant les barreaux de bois de la porte.

L'enclos abritait certes un grand troupeau – vaches, veaux et taureaux –, mais pas le troupeau sauvage du parc de Griffstone, qu'ils avaient fait un si long chemin pour retrouver. Le pelage de ces bêtes n'accrochait pas la lumière, il était terne et sans vie. Il y avait du foin ainsi que des auges pleines d'eau, pourtant les animaux ne se nourrissaient pas. Ils étaient allongés sur l'herbe piétinée, complètement apathiques, tels des tas de terre sombre.

Et ils étaient marron. Toutes les vaches, jusqu'à la dernière, avaient le pelage d'un marron uniforme et foncé.

Les enfants restaient pétrifiés, vidés de leur énergie. Ils avaient fait tout ce voyage pour rien. Ned fut le premier à se ressaisir.

– Bon, ben voilà. On a intérêt à repartir avant de se faire prendre.

Mais Rollo ne bougea pas. Il fixait les bêtes en respirant fort.

– Non. Attendez. Regardez... regardez le veau qui est à côté de l'abreuvoir.

– Eh bien ? demanda Madlyn.

– Regardez sa façon de pousser de la tête. Et là-bas... la vieille vache contre la clôture. Sa corne...

Ned et Madlyn regardèrent, sans comprendre.

– Regardez sa corne, répéta Rollo.

– Elle est ratatinée, dit Madlyn dans un souffle.

À ce moment-là, le grand taureau, qui était jusque-là allongé, à moitié caché par les autres bêtes, se leva brusquement et ils virent alors ce que voyait Rollo. Car marron ou pas, c'était le grand roi-taureau de Griffstone.

Les fantômes les avaient rejoints, et ils entendirent la voix de Sunita au-dessus d'eux.

– Qu'est-ce qu'ils leur ont fait ? murmura-t-elle avec horreur.

Ils se souvinrent alors du pistolet à peinture que Rollo avait trouvé à la gravière. On avait dû emmener les vaches à la carrière et les peindre au pistolet... mais pourquoi ? Pour pouvoir les voler et les emporter dans un autre coin du pays ? Les voler aux vétérinaires qui s'apprêtaient à les enterrer, afin peut-être de les vendre à l'abattage quelque part où les gens se ficheraient que les animaux soient contaminés ou non ?

Qui aurait eu intérêt à maquiller les vaches si ce n'est quelqu'un qui faisait quelque chose d'illégal et qui ne leur voulait sans doute pas du bien ?

Mais à ce stade, Madlyn estima qu'elle en avait plus qu'assez.

– Maintenant, déclara-t-elle, on rentre à la maison et on raconte tout ça à Oncle George et à la police. Et vite.

Ils firent demi-tour en courant, redescendant sur la plage, zigzagant entre des paquets d'algues, contournant les flaques d'eau de mer. Le vent, qui venait du nord, fraîchissait. Ils traversèrent sans encombre la baie ; ils étaient presque arrivés. Plus qu'un petit bout de plage et ils auraient rejoint la chaussée.

– Arrêtez !

C'était une voix grave, à la tonalité étrangère.

Un homme en pantalon bouffant et tunique brodée leur barrait le passage. Il avait le visage tanné par le soleil, de grandes moustaches incurvées, et il portait une fourche. Un bref instant, les enfants crurent qu'ils pourraient se sauver... mais un deuxième individu à la moustache encore plus imposante et au pantalon encore plus large surgit de derrière un buisson, armé d'un gros bâton. Ni l'un ni l'autre ne ressemblaient à des gens à qui on pouvait facilement échapper.

– Vous venir avec nous, ordonna le premier homme. Maintenant. Vite. Patron il attend.

Sur ces mots, ils entraînèrent les enfants.

Chapitre vingt

Le bâtiment où on les emmena était visiblement un ancien hôtel – et pas n'importe lequel : un palace destiné à une clientèle richissime.

La moquette épaisse des couloirs s'enfonçait moelleusement sous les pas des enfants, des lustres pendaient au plafond à la place de lampes ordinaires, les bouches d'aération diffusaient une douce chaleur et les cheminées étaient toutes en marbre. C'était extraordinaire de trouver une telle débauche de luxe au beau milieu de cette île désolée, où le vent plaquait l'herbe au sol.

Au-dessus des enfants planaient les fantômes, silencieux et invisibles.

Apparemment, les hommes aux pantalons larges n'avaient pas le droit d'entrer dans l'hôtel. Ils avaient poussé les enfants à l'intérieur et c'était une grosse femme musclée en uniforme de bonne qui les avait guidés en haut du grand escalier, avant de frapper à une porte ornée d'une plaque de cuivre annonçant : Docteur Maurice Manners, médecin généraliste, diplômé des universités.

Une voix dit « Entrez », et la femme fit avancer les enfants dans le bureau du propriétaire de l'île.

Le Dr Manners était assis derrière une immense table de travail sur laquelle trônait un buste du célèbre naturaliste Charles Darwin. Bien qu'il fut encore tôt dans la matinée, il portait une tenue très habillée : un costume gris pâle avec une chemise de soie mauve et une cravate assortie. Ses cheveux clairs et ondulés s'argentaient légèrement aux tempes et ses mains aux longs doigts fins, aux ongles superbement manucurés, reposaient sur une liasse de papiers impeccablement empilés. L'agréable odeur de son eau de toilette, composée spécialement pour lui, flottait dans l'air.

Lorsqu'il vit les enfants, il leur sourit – chaleureusement, cordialement.

– Eh bien, eh bien. Vous êtes fort matinaux. Vous êtes venus me remercier, j'imagine, mais ce n'était pas nécessaire. Ce que je fais, je le fais pour la satisfaction du devoir accompli.

Les trois enfants le regardèrent bouche bée. Madlyn fut la première à retrouver sa voix.

– Vous avez volé nos vaches, le troupeau sauvage du parc de Griffstone. Fallait pas croire qu'on ne les reconnaîtrait pas rien que parce qu'elles sont teintes.

Le sourire du Dr Manners se fit encore plus charmant.

– On peut dire que je les ai volées, en effet. Pour ma part, je préfère dire « sauvées ».

– Qu'est-ce que vous entendez par là ? demanda Madlyn. Je ne comprends pas.

– C'est très simple. Vos vaches étaient condamnées à mort, n'est-ce pas ? Elles allaient être abattues, non ?

– Oui. (Rollo avait recouvré la voix à son tour.) Elles ont la maladie de Klappert.

– C'est exact. Les vétérinaires du ministère ont découvert qu'elles souffraient de cette maladie et ils avaient tout à fait raison. Ces gens-là ne se trompent pas. (Il joignit les mains en pressant le bout des doigts.) Or les règlements exigent que les animaux contaminés par cette maladie doivent être supprimés immédiatement, et leurs carcasses enterrées. C'est la loi et il faut respecter la loi, n'est-ce pas ?

– Oui, accordèrent les trois enfants en hochant la tête.

– Mais c'est un péché de tuer des animaux quand ce n'est pas absolument nécessaire. Tuer quelque créature que ce soit, à part pour se défendre, est un acte cruel. Du moins c'est mon intime conviction.

– C'est la nôtre aussi, affirma Ned.

– Bien, bien. (À nouveau, il décocha ce sourire si séduisant.) Tout le monde ne peut pas traduire ses convictions par des actes, naturellement. Moi, en revanche, j'ai la chance de pouvoir le faire.

Il jeta un coup d'œil par la fenêtre à un groupe d'hommes qui passaient. Certains portaient des blouses blanches, d'autres des salopettes et tous avaient l'air affairés et résolus.

– J'ai des assistants, voyez-vous. De merveilleux assistants pour lesquels je remercie le ciel tous les jours que Dieu fait. J'ai des collègues scientifiques formés sur tous les problèmes liés à la santé animale. Et pas seulement des scientifiques. (Il se pencha vers les enfants.) Avez-vous jamais entendu parler d'un pays qui s'appelle la Mindavie ?

Les enfants firent non de la tête.

– C'est un très beau pays, perché dans les montagnes d'Europe centrale. Ses habitants sont forts et intrépides – mais magnanimes, aussi – et lorsqu'ils ont entendu parler de ma mission, ils sont venus travailler pour moi de leur propre chef.

– Ce sont les hommes qui nous ont amenés ici ? demanda Ned.

– Oui.

– Mais je ne comprends toujours pas ce qui est arrivé à notre troupeau, insista Rollo. Je ne comprends toujours pas ce que vous faites.

– Non, je présume bien que non. Mon travail est des plus inhabituels, mais je vais tâcher de vous l'expliquer. Comme vous le savez, vos vaches souffrent de la maladie de Klappert, or les animaux qui en sont atteints doivent être abattus sans délai. Mais imaginez qu'il existe une substance capable d'éliminer du sang les cellules malades ? Imaginez qu'il existe un traitement qui puisse guérir ces animaux, ne pensez-vous pas qu'ils devraient y avoir accès ?

– Si, si. Bien sûr.

Le Dr Manners se renfonça dans son siège. Un rayon de soleil tomba sur ses boucles dorées.

– Il se trouve que ce traitement existe, reprit-il d'une voix douce. Nous l'avons découvert et mis au point ici, dans nos laboratoires. Il existe un vaccin, mais il est très, très cher – et aucun gouvernement n'est disposé à faire des dépenses s'il n'y est pas contraint. Nous avons essayé de convaincre les autorités, mais personne n'a voulu nous écouter, personne n'a cru à nos résultats. Il était plus rapide et moins cher de tuer les animaux. Nous avons donc dû enfreindre la loi. Voyez-vous, ce ne sont pas les vétérinaires du ministère eux-mêmes qui tuent et enterrent les bêtes ; ils confient ce travail à d'autres personnes. On appelle cela déléguer, vous avez peut-être déjà entendu ce terme. Et il arrive parfois qu'ils nous confient cette tâche, à mes assistants et moi. Ils nous prennent pour une compagnie d'abattage alors qu'en cachette, nous sommes exactement le contraire. Nous sommes la Mission Manners pour le Sauvetage des Animaux, la MMSA.

Il se leva et se dirigea vers la fenêtre.

– Nous avons donc emmené les vaches à la gravière après les avoir étourdies dans le champ avec des fléchettes anesthésiantes. Officiellement, nous les avons enterrées, ce qui coupait court à tous soupçons éventuels. En réalité nous les avons teintes pour qu'on ne puisse pas les reconnaître et nous les avons conduites ici. Pour les hommes du ministère, le troupeau est mort et enterré. C'est fini. Mais pour vos superbes bêtes, dévoila-t-il en se retournant vers les enfants, pour le célèbre troupeau sauvage du parc de Griffstone, une nouvelle vie a commencé. Car bientôt, très bientôt maintenant, peut-être même ce soir (sa voix aiguë résonna dans toute la pièce), un bateau viendra. Un bateau qui les mènera dans un pays lointain où elles pourront pâturer en paix jusqu'à la fin de leurs jours... dans un parc plein d'arbres et d'ombrages, de fleurs merveilleuses et de ruisseaux étincelants...

– Où ça ? interrogea Madlyn. Où y a-t-il un parc pareil ?

– Cela, je ne peux pas vous le révéler. Il y a toujours le risque qu'elles soient retrouvées, ramenées ici et abattues – massacrées sans nécessité comme tant d'animaux dans ce monde cruel et brutal. Cependant je vous jure que l'endroit où elles vont est un véritable paradis.

Il baissa les yeux et son regard, quand il se posa sur Rollo, était empreint d'une infinie bonté.

– Je sais combien il est difficile de se séparer d'animaux que l'on aime. Mais vous ne pourriez pas leur faire de plus beau cadeau que le don de la liberté.

– Est-ce que vous faites cela pour d'autres animaux ? demanda Madlyn. Les sauver et les guérir, puis les remettre en liberté ?

Le Dr Manners hocha la tête.

– J'ai une mission. Elle m'a été confiée lorsque j'étais petit garçon et que je disais mes prières aux côtés de ma mère. J'ai dû travailler dur pour gagner l'argent nécessaire – vous ne pouvez pas imaginer comme je me suis échiné. J'étais chirurgien à Londres et je pratiquais jusqu'à six ou sept opérations par jour, en essayant d'aider des femmes gâtées qui n'étaient jamais satisfaites. Mais dès que j'ai eu assez d'économies, je suis venu ici. Je vous tairai les choses que j'ai vues – nous avons des poulets, ici, qui étaient sur le point d'être transformés en croquettes parce qu'ils ont la peste aviaire. Mais la peste aviaire se guérit, si on y met l'argent et le temps qu'il faut, et ici nous guérissons ces poulets. Je pourrais vous raconter un tas d'autres histoires comme celle-ci, mais je ne veux pas vous attrister. Toutefois vous devez comprendre que nous enfreignons la loi.

– Comme Robin des Bois, glissa Rollo.

– Oui, c'est ça. Mais souvenez-vous que les hors-la-loi agissent en secret. Si vous soufflez un seul mot de ce que vous avez vu sur l'île, votre troupeau risque d'être massacré et enterré, même maintenant. Est-ce bien clair ?

Les enfants acquiescèrent et le Dr Manners appuya sur un bouton.

– Raccompagnez mes visiteurs, dit-il à la secrétaire quand elle se présenta. Conduisez-les à la chaussée en voiture, ils ont assez marché pour aujourd'hui.

Une fois seul, le Dr Manners se renfonça dans son siège et sourit. Puis il pressa la sonnette et son adjoint, le Dr Fangster, entra dans la pièce. C'était un homme de petite taille, aussi brun que Manners était blond et d'une intelligence redoutable.

– Des nouvelles du bateau ? demanda Manners.

– Nous avons reçu un signal, confirma Fangster. Ils espèrent arriver ce soir.

– Bien. Bien.

La plus grande mission que les deux hommes aient jamais entreprise semblait sur ses rails.

Chapitre vingt et un

Il y avait un certain temps que Sir George n'avait pas mis les pieds à Londres et il ne se rendait pas compte à quel point la ville avait changé.

Par le passé, il avait coutume de séjourner à son club, qui était très calme et plein d'autres vieux messieurs qui lisaient le journal et disaient « chut » si jamais quelqu'un parlait, mais tout avait été modernisé. On y passait de la musique d'ambiance, et les serveurs avaient été remplacés par des distributeurs automatiques dont Sir George n'arrivait pas à lire les instructions tant elles étaient écrites petit.

Cependant, les vrais ennuis commencèrent lorsqu'il arriva au ministère de la Santé animale. Sir George se présenta à la réception et demanda à rencontrer quelqu'un qui puisse le renseigner sur la maladie de Klappert. La secrétaire lui répondit qu'avant même de chercher à voir qui que ce soit, il devait produire une pièce d'identité, de préférence un passeport ou un permis de conduire.

Sir George retourna donc à son club, puis il revint avec son permis au ministère où une autre secrétaire lui dit qu'il devait se faire délivrer par le commissariat un certificat attestant qu'il avait un casier judiciaire vierge. Une fois cette démarche accomplie, on lui dit qu'il devait se faire faire une prise de sang et relever les empreintes digitales. Et ainsi de suite. À la fin du premier après-midi, Sir George était parvenu à accéder à la salle d'attente du bureau de la secrétaire qui prenait les rendez-vous avec le ministre. Celle-ci lui annonça que le ministre était en réunion et qu'il lui faudrait donc revenir le lendemain pour tenter de nouveau sa chance.

Jusqu'alors, Sir George avait gardé son calme, mais là il vira au violet et brandit vigoureusement sa canne. Le ministère aurait sans doute compté une secrétaire de moins si, juste à ce moment-là, un portier n'était pas accouru avec un message urgent pour Sir George : il devait appeler sa sœur séance tenante.

Quand Sir George décrocha le téléphone, il oublia d'un coup les imbéciles du ministère, la maladie de Klappert et son troupeau, car Emily lui avait appris que les enfants avaient disparu.

À peu près au moment où Sir George rassemblait ses bagages pour rentrer à Griffstone, l'aînée des Hurlantes se réveillait de sa sieste dans un état de grande excitation.

– J'ai fait un rêve terriblement troublant, confia-t-elle en agrippant sa sœur par le bras. En fait il était si troublant que je ne suis pas sûre que ce soit un rêve. C'était peut-être une vision.

La Hurlante du milieu, qui faisait son somme sur l'autre canapé, se redressa brusquement.

– C'est extraordinaire ! J'ai fait un rêve incroyable, moi aussi. Il était si vivant que j'ai pensé qu'il me délivrait certainement un message important.

À ce moment-là, la plus jeune sœur, qui préférait se reposer dans un fauteuil, dit :

– Vous ne me croirez peut-être pas, mais moi aussi j'ai fait un rêve très fort et très important.

L'aînée des Hurlantes demanda :

– S'agissait-il... par hasard... d'un rêve... (Elle hésita.) d'un rêve d'enterrement ?

– Oui, c'était ça ! C'était ça ! s'écrièrent les deux autres. C'est exactement de ça qu'il s'agissait ! C'était un rêve d'enterrement !

– Et... il se passait dans le nord, très au nord ?

– Absolument, confirma la Hurlante du milieu. C'était le plus au nord qu'on puisse aller tout en restant en Angleterre.

– Ce n'était pas du tout en Angleterre, intervint la benjamine. En y repensant, je vois que c'était en Écosse. Dans une petite église au bord de la mer.

– Un endroit si désolé, enchaîna l'aînée des Hurlantes.

– Si venteux.

– Mais si beau. Préservé. Isolé.

– Oui.

Les trois sœurs restèrent quelques minutes silencieuses, émues par la stupéfiante expérience qu'elles venaient de vivre. Bien sûr, des sœurs qui habitent ensemble captent souvent les pensées, et même les rêves, les unes des autres, mais là, elles sentaient que c'était quelque chose de plus profond. Elles avaient l'impression qu'elles venaient de recevoir un message d'en haut.

Ce n'est qu'à la deuxième tasse de thé préparé dans la théière bleue que l'aînée osa revenir à la charge.

– Et cet enterrement... est-ce qu'il se passait bien ?

Ses sœurs reposèrent leurs tasses.

– Oh non, dit la Hurlante du milieu.

– Non, non, renchérit la benjamine. Ça ne se passait pas bien du tout. C'était un désastre. Une pagaille des plus scandaleuses. Pas étonnant qu'ils aient été aussi bouleversés. L'entrepreneur des pompes funèbres aurait dû être renvoyé.

– Quand on y pense, c'est incroyable qu'ils soient arrivés à continuer à mener leur vie, les pauvres.

– Même si ce n'était pas vraiment leur *vie* qu'ils menaient, bien sûr.

Il y eut un long silence. Un silence vraiment très long. Car le temps qu'elles en arrivent à leur troisième tasse de thé et que les brumes du sommeil se dissipent, les Hurlantes avaient compris que ce rêve ne leur était pas venu par hasard. Ce n'était qu'en partie un songe. Il leur remémorait une situation qu'elles avaient vécue. Un souvenir enseveli qui avait refait surface dans leur sommeil. Quand elles étaient jeunes, elles étaient allées à des funérailles semblables et elles y avaient assisté à une catastrophe.

– Je savais bien que je les avais déjà vus, les pauvres, murmura l'aînée des Hurlantes.

– Moi aussi. Dès que nous les avons rencontrés à la gravière, j'ai eu l'impression de les connaître.

Les sœurs hochèrent toutes les trois la tête.

– La question, reprit l'aînée, est : que fait-on ? Décide-t-on de ne pas se mêler de cette histoire ? Ou essaie-t-on de voir ce qu'on peut faire ?

Ses sœurs soupirèrent.

– Voyons ce que nous en pensons demain matin.

Mais elles le savaient déjà, en réalité. Quand un grand tort a été infligé à quelqu'un, il faut le réparer. La question ne se posait pas vraiment.

Chapitre vingt-deux

S'il y avait bien une chose dont les enfants n'avaient pas envie, c'était de passer une nouvelle nuit à la chapelle.

– Il faut qu'on se *dépêche* de rentrer, dit Madlyn. Ils vont s'inquiéter terriblement.

Oui, mais comment ?

Ils étaient venus à Blackscar dans la voiture du gardien du parc, de nuit et sous le coup de la panique. Maintenant ils n'arrivaient pas à croire qu'ils avaient eu le cran de faire une chose pareille.

– C'est l'embrayage qui me tracasse, bougonna M. Smith. Je ne voudrais pas l'abîmer davantage.

La question se régla d'elle-même puisque lorsqu'ils essayèrent de démarrer, le moteur ne répondit pas.

– La batterie est à plat, annonça Ned d'un ton lugubre. On va devoir aller à pied jusqu'au prochain village, prendre un car et puis le train.

Madlyn avait prélevé un peu d'argent de la boîte des Journées portes ouvertes avant de partir ; il y avait sans doute de quoi payer au moins une partie du trajet, et, une fois à bonne distance de l'île, ils pourraient téléphoner à l'Oncle George.

Un horaire des cars ainsi qu'une carte étaient affichés sur le panneau du porche de l'église. Un car par jour se rendait à un village du nom de Seaforth, à cinq kilomètres de là, mais ils l'avaient raté.

Les fantômes, quant à eux, ne furent pas mécontents d'avoir une autre nuit de repos. Ils s'étaient sentis mal à l'hôtel, pas du tout à leur aise. Peut-être était-ce à cause du chauffage central ou de l'eau de toilette du Dr Manners, mais Brenda avait mal à la tête, et le rat de Ranulf n'avait pas d'appétit. Non pas que Ranulf souhaitât à proprement parler avoir le cœur mastiqué, mais, bon, quand on est habitué à quelque chose, on est habitué à quelque chose.

Ce qui les embêtait vraiment, cela étant, c'étaient les Pieds. Ils avaient dû les décoller du sol de force pour les emmener avec eux sur l'île, et dès leur retour, les Pieds avaient couru rejoindre la tombe marquée ISH, planté les orteils dans la mousse et refusé d'en bouger.

Un tel comportement aurait pu les mettre en colère, si ce n'est que les Pieds paraissaient en proie à une détresse et à une inquiétude très vives. Chaque fois qu'on leur demandait de s'éloigner de la pierre tombale, des gouttes de sueur perlaient sur leur peau.

– Si c'est vraiment de la sueur. Ce sont peut-être des larmes, suggéra Rollo.

La pensée que les Pieds pleuraient était bouleversante, bien sûr.

– Mais nous ne pouvons pas les laisser là comme ça ! s'écria Sunita.

Aussi, l'un dans l'autre, les fantômes furent-ils contents de disposer d'une nuit de repos supplémentaire.

Et pendant qu'ils dormaient, un bateau pénétra tranquillement dans la baie de Blackscar et s'amarra à la jetée.

C'était une embarcation de douze mètres en piteux état, un rafiot en planches de pin noueux. Il aurait pu s'agir de n'importe quel bateau de pêche s'il n'avait été équipé, sur le pont avant, d'un grand fusil à harpon.

C'était un baleinier qui battait pavillon norvégien.

Personne n'était levé, il ferait sombre pendant encore au moins deux heures. Les marins – des hommes aux visages burinés – gagnèrent leurs couchettes. Bientôt ils déchargeraient leur cargaison, mais pour l'instant, ils allaient dormir.

Les Pieds, tout contre la pierre tombale, sentirent la légère vibration du moteur, mais ils ne réagirent pas. En revanche Rollo, qui se réveilla en entendant lui aussi le bruit du moteur, quitta la chapelle à pas de loup et grimpa au sommet de la colline herbeuse d'où on dominait l'île. Le bateau était arrivé, comme l'avait annoncé le Dr Manners, pour emmener le troupeau vers sa terre promise. Rollo l'observa un bon moment puis, quand la lumière s'accentua, il sortit les jumelles d'Oncle George.

C'était un bien petit bateau pour transporter un troupeau entier. Un bien, bien petit bateau.

De plus, quelque chose tarabustait Rollo. Ça concernait un des hommes qu'il avait aperçu par la fenêtre du bureau du Dr Manners : Rollo avait l'impression de l'avoir déjà vu...

Dans leur cabane de bois, les Mindaves prenaient leur petit déjeuner, composé de haricots secs et de lait de chèvre fermenté.

Ils étaient huit, au total : une très vieille femme qui n'avait plus qu'une seule dent, en or, dans la bouche, une plus jeune, bien en chair, et six hommes, se partageant tous un espace grand comme une caravane. Les cabanes qui entouraient la leur abritaient toutes des poulets.

Ils étaient fatigués, et la journée qui commençait serait aussi dure que les précédentes. Nettoyer les abris des animaux, incinérer les déchets, trimballer de lourds chargements depuis et vers les ateliers... sans compter d'autres choses auxquelles ils essayaient de ne pas penser.

Aujourd'hui, une tâche supplémentaire les attendait : débarquer la marchandise du baleinier.

Il faisait froid dans la cahute austère et chichement meublée ; les Mindaves n'avaient pas les moyens de se chauffer correctement, et leur nourriture se limitait à ce qu'ils pouvaient grapiller de la terre. Ils étaient si pauvres qu'ils ne pouvaient rien acheter mais, de toute façon, ils n'avaient pas le droit d'aller sur le continent.

Le Dr Manners ne mentait pas quand il avait raconté que les Mindaves venaient d'un très beau pays perché dans les montagnes d'Europe centrale et qu'ils appartenaient à un peuple fier et ancien. Néanmoins, les Mindaves n'étaient pas venus à Blackscar parce qu'ils avaient eu connaissance de la mission du Dr Manners ; ils n'avaient même jamais entendu parler de Blackscar. En réalité, deux ans plus tôt, un dictateur impitoyable d'un pays voisin avait conquis la Mindavie et instauré un régime de terreur. Il avait interdit aux Mindaves de parler leur langue, d'avoir leurs propres écoles et de pratiquer leur religion, et tous ceux qui protestaient étaient jetés en prison ou exécutés.

Les deux frères, Slavek et Izaak, avaient donc emmené leur famille – leur vieille mère, la femme d'Izaak et quatre cousins – et parcouru l'Europe à pied en quête d'un endroit où vivre en paix. Après des mois d'épreuves, ils étaient arrivés en Grande-Bretagne, croyant y trouver l'hospitalité, un foyer et la possibilité de travailler.

Ils se trompaient cruellement. La famille tout entière se retrouva enfermée dans un camp sordide et surpeuplé entouré de barbelés. On leur dit qu'ils n'avaient pas le droit de travailler, pas de permis de séjour ni de papiers, et qu'ils seraient donc renvoyés en Mindavie.

On les déplaça deux fois dans des camps encore plus bondés et insalubres que le premier. Et puis, lors du troisième changement, ils réussirent à s'échapper. Ils arpentaient les routes lorsqu'un homme les aborda et leur proposa du travail à Blackscar. Un emploi non rémunéré, bien sûr (ils n'avaient pas le droit de toucher une paie), qui se révéla plus rude que ce qu'avait jamais fait le plus modeste paysan de Mindavie ; mais ils savaient que s'ils se plaignaient, ils seraient renvoyés dans un camp. Ils étaient prisonniers à Blackscar, et ils se réveillaient chaque matin tellement tristes, fatigués et nostalgiques de leur pays qu'ils se demandaient comment ils tiendraient un jour de plus. Mais ils tenaient. Ils n'avaient pas le choix.

Ce matin-là, ils finirent donc leur caillé de chèvre, puis, tandis que Slavek et Izaak rejoignaient la jetée, la vieille femme à la dent d'or empila les assiettes sales.

Mais avant de commencer la vaisselle, elle alluma le transistor qu'un des ouvriers leur avait donné.

Sur le baleinier, le déchargement avait commencé. Il y avait quatre sacs de toile allongés : la marchandise n'était pas volumineuse mais précieuse, incroyablement précieuse. Les marins en attendaient une énorme somme d'argent en échange, et ils l'avaient bien gagnée. Les risques qu'ils avaient courus pour cela étaient considérables ; s'ils s'étaient fait prendre, ils n'auraient pas reçu une simple amende, ils auraient été arrêtés et peut-être mis en prison.

Bien que le bateau arbore pavillon norvégien, les hommes n'étaient pas des Norvégiens. C'étaient des escrocs et des fripouilles venus de plusieurs pays, mais qui avaient tous deux points en commun : c'étaient des chasseurs qui connaissaient la mer et se moquaient éperdument des animaux qui y vivaient, du moment qu'ils pouvaient tirer profit de leur mort. Pour amasser le butin qu'ils déchargeaient à présent, ils avaient harponné près de trente bêtes – et pas de celles qu'on a le droit de chasser, mais d'une espèce rare et protégée.

Les cétacés qu'ils avaient tués étaient des narvals, ces créatures gentilles et timides qui peuplent les eaux glacées de l'Arctique et que l'homme voit rarement.

Les narvals ne sont pas très grands, pour des cétacés : ils ne dépassent guère les cinq mètres de long. Les Vikings les appelaient « baleines mangeuses de cadavres », autrefois, non pas parce qu'ils se nourrissaient de cadavres – une idée pareille ne leur viendrait jamais à l'esprit – mais à cause de la teinte gris bleuté de leur peau.

Les narvals ont beau être petits, leurs mâles présentent une caractéristique extraordinaire : de leur lèvre supérieure s'élance une immense et unique défense spiralée.

Parce qu'elles sont si rares et si exceptionnelles, les défenses de narval ont été recherchées de tout temps. Les princes du Moyen Âge pensaient qu'elles permettaient de détecter d'éventuels poisons introduits dans leur nourriture par des ennemis. Dans les pays d'Asie, les médecins les pilaient pour en faire des potions et des remèdes. Les rois décoraient leurs palais de défenses de narval sculptées.

De même que les braconniers chassent les éléphants pour leur ivoire et laissent pourrir leurs corps après les avoir privés de leurs défenses, les marins qui venaient maintenant à Blackscar avaient coupé les défenses des narvals qu'ils avaient massacrés, puis rejeté leurs carcasses à la mer.

Le Dr Manners prisait énormément les cornes de narval, lui aussi – mais ce n'était ni pour détecter des poisons ni pour en faire des remèdes. Il les voulait dans un but tout autre. C'était un objectif dont personne ne savait rien, en dehors de son assistant, le Dr Fangster, et de lui-même.

Slavek et Izaak avaient porté les sacs de toile sur des chariots et les poussaient vers le bureau adjacent au laboratoire principal. Les sacs étaient cadenassés et nul n'avait le droit de les ouvrir, mais les Mindaves avaient l'habitude de manipuler des fardeaux dont ils ignoraient tout. Une fois la marchandise en lieu sûr, quand il l'aurait examinée, le Dr Manners prendrait les dispositions nécessaires pour payer les marins.

Les deux frères accomplirent leur tâche, puis retournèrent à leur cabane chercher les outils pour leur journée de travail.

– Mon Dieu, qu'est-ce qui se passe ? s'exclama Izaak sitôt la porte ouverte.

Sa vieille mère sanglotait dans un coin de la cahute, la femme de Slavek gémissait dans l'autre. Les quatre cousins, qui auraient dû être déjà en train de nettoyer les abris des animaux, étaient agglutinés autour du poste de radio.

– Qu'est-ce qu'il y a ? répéta Izaak. Pour l'amour du ciel, qu'est-ce qui se passe ?

Les cousins se retournèrent en s'essuyant les yeux.

– C'est arrivé ! s'écrièrent-ils et ils serrèrent les frères dans leurs bras. Oh, Slavek, Izaak, c'est enfin arrivé ! Dire que nous avons le bonheur de connaître ce jour !

Du haut de la colline qui surplombait l'île, Rollo surveillait le bateau. Les marins avaient fini de décharger ; le troupeau ne tarderait pas à monter à bord, maintenant. D'après le Dr Manners, les bêtes seraient d'abord lavées, rendues à leur blancheur originelle. Seulement comment tiendraient-elles toutes à bord ? Le Dr Manners savait tout ce qu'il faut savoir sur les animaux ; il ne les ferait pas voyager dans de mauvaises conditions ni entassées les unes sur les autres... Il n'empêche que le bateau était trop petit.

Et que penser de l'homme qu'il avait aperçu devant l'hôtel ? Bien sûr, il pouvait s'agir de quelqu'un de tout à fait différent, mais si l'impression de Rollo était juste...

Madlyn, sur le seuil de l'église, l'appela :

– Viens, Rollo, il est temps de partir.

Ils avaient réuni leurs affaires, laissant tout ce qu'ils ne pouvaient pas emporter dans la voiture fermée à clé.

Si Rollo entendit Madlyn, il n'en tint aucun compte. Quand elle tourna de nouveau la tête dans sa direction, elle vit qu'il avait abandonné la colline et courait le long de la plage, vers la chaussée.

– Reviens ! cria-t-elle. Reviens tout de suite !

Rollo continua de courir comme si de rien n'était.

– Nous ne pouvons pas le laisser y aller tout seul, dit Ned.

– Un de ces jours je le tuerai, grommela Madlyn, tandis qu'ils se lançaient tous les deux à la poursuite de Rollo. Et le pire, c'est que j'y prendrai plaisir. Je prendrai plaisir à le tuer.

Ils le rattrapèrent au moment où il s'accroupissait derrière un rocher et se tapirent à ses côtés. Le bateau était toujours amarré, mais on ne voyait aucun signe de préparatifs pour le chargement des bêtes.

– On peut savoir ce que tu fabriques ? lâcha Madlyn avec colère.

Avant que Rollo puisse s'expliquer, les enfants entendirent une sorte de sifflement – une espèce de « Psst ! » qui ne sonnait pas vraiment comme un « Psst ! » anglais. Un visage basané orné d'une moustache noire en guidon de vélo surgit alors de derrière le rocher, vite suivi d'un autre visage semblable.

C'étaient les deux hommes qui les avaient capturés et menés au Dr Manners, mais ils semblaient différents. Ils n'avaient plus l'air hostiles, mais presque souriants – et ils n'avaient ni fourche ni bâton.

– Vous venez avec nous, dit le premier homme. Nous montrons à vous quelque chose. Vite ! Nous pas vous faire de mal.

– Nous pas vous faire de mal, répéta le second homme. Venir, s'il vous plaît. Maintenant.

Les enfants furent conduits à une baraque basse de bois, qui ne leur avait pas donné l'impression d'un lieu où pouvaient habiter des gens ; elle rappelait plus un abri pour animaux, du genre poulailler ou porcherie.

Pourtant, manifestement, des gens y habitaient. Non seulement cela, mais ils y faisaient la fête. Il y avait des bougies sur la table et une pile de crêpes dans une grande assiette de bois. Des banderoles en papier rouges, vertes et violettes étaient accrochées aux murs. Dans un coin, un homme jouait de l'harmonica, produisant une musique aiguë et entraînante, et des hommes dansaient, les mains sur les épaules les uns des autres, tandis que les femmes tourbillonnaient en faisant virevolter leurs jupes. De la radio qui crépitait, sortait une voix tout excitée qui parlait dans une langue que les enfants n'avaient jamais entendue. Puis la voix se tut, remplacée par une musique militaire tonitruante : à ce moment-là, tous s'arrêtèrent de danser et se mirent au garde-à-vous, les femmes en se battant la poitrine.

Les enfants étaient complètement déroutés. Pourquoi les hommes les avaient-ils amenés ici ? Allaient-ils les emmener de force Dieu sait où, les battre ou les ligoter, dans le cadre de cette fête bizarre ? Rien de tout cela : les Mindaves leur tendirent des verres d'un liquide transparent très fort et portèrent un toast.

– À la Mindavie ! À la mère patrie ! s'écrièrent leurs hôtes qui vidèrent leurs verres et les jetèrent par-dessus leurs épaules, aussitôt imités par les enfants.

L'exubérance se calma finalement, les Mindaves baissèrent la radio et tirèrent des malles pour que les enfants puissent s'asseoir.

– C'est révolution dans notre pays, dit Slavek – et dans un souci de clarté, il tendit deux doigts et ajouta : « Pan, pan ! »

– Méchant homme parti – mort, glissa Izaak, rayonnant.

Tous les Mindaves se mirent de la partie, avec force mots et gestes, et les enfants finirent par comprendre que le dictateur de leur pays avait été renversé. Ils avaient appris la nouvelle de la révolution à la radio et ils étaient maintenant libres de rentrer chez eux.

– Au pays, répétaient-ils joyeusement, en dodelinant de la tête et en souriant. Nous rentrons au pays.

Mais les enfants n'avaient pas été invités seulement pour entendre la bonne nouvelle. Les Mindaves avaient quelque chose d'important à leur confier.

– Nous appeler vous parce qu'il faut que vous voir quoi se passe ici. Vous devez dire et vous devez faire arrêter.

– Oui, oui, renchérirent les autres Mindaves. Vous devez partir vite d'île et faire arrêter.

– Quoi donc ? demanda Madlyn. Qu'est-ce que nous devons faire cesser ?

Slavek avait le visage sombre.

– Nous montrons. Maintenant. Mais il faut vous pas faire de bruit. Il faut vous avancer « dou dou dou dou ».

– Dou dou ?

– Dou dou comme petites souris. Et rester derrière moi.

Il se tourna et attrapa un trousseau de clés sur une étagère.

Ensuite il fit sortir les enfants de la cabane et les guida par un passage couvert jusqu'à une porte fermée à clé.

– Zeci, déclara-t-il en l'ouvrant. Vous devez arrêter zeci.

Les enfants n'oublieraient jamais le spectacle qui s'offrit alors à leurs yeux. Ils se trouvaient dans un poulailler expérimental ; les volatiles, chacun dans une cage séparée, ne ressemblaient plus vraiment à des poulets. Ils étaient beaucoup plus grands et une membrane de peau s'était constituée entre leurs griffes, formant des pattes palmées. Le plus terrifiant, c'étaient leurs becs. Ils semblaient avoir été allongés et chez certains, une étrange protubérance plate en forme de pelle y avait été greffée.

– Qu'est-ce que c'est que ça ? demanda Madlyn. Pourquoi sont-ils comme ça ?

Rollo tremblait de tous ses membres.

– Je sais pourquoi, souffla-t-il. Je sais à quoi sert l'expérience. Ils essaient de transformer ces poulets en dodos.

Slavek hocha la tête.

– Oui. Oui. Dr Manners il fait dodos parce que dodos ils existent plus.

– C'est une espèce disparue, compléta Ned.

Mais les dodos n'étaient que le début. La clé de Slavek leur donna ensuite accès à une pièce embuée dans laquelle un petit crocodile était allongé au bord d'un bassin peu profond. Il était parfaitement immobile, et un gros poids reposait sur sa gueule. Le poids était fixé par une pince reliée à un indicateur de pression.

Même Rollo ne comprit pas ce qui était à l'œuvre.

– Ils font plus lourd et ensuite plus lourd, expliqua Slavek. Comme ça museau est plat. Faire animal nouveau.

Le reptile gisait là, incapable du moindre mouvement. Ses yeux jaunes étaient ternes ; il était complètement impuissant face à son sort.

Rollo avait saisi.

– Je sais. Un gavial. Ils sont en voie de disparition. Ils ont de longs museaux aplatis. Oh, mon dieu, la pauvre bête ne peut pas bouger.

Et ce n'était pas fini, loin de là.

Ils franchirent deux portes battantes qui donnaient sur une volière. Des perroquets gris étaient étroitement enchaînés à leurs perchoirs. Ils avaient les yeux fermés. L'un d'eux était tombé sur le flanc et ne parvenait pas à se redresser. En permanence, ils étaient aspergés par des jets de teinture réglés par ordinateur : des jets de pourpre, de violet, de bleu...

– Ici il fait – comment vous appelez ? Perroquet impérial. Il n'y a plus dans jungle, tous disparus. Alors les gens veulent et ils viennent et achètent. Achètent pour beaucoup, beaucoup argent. (Slavek secoua la tête.) Beaucoup meurent mais ils prennent autres.

Vint alors le plus terrible. Un gorille, affaissé dans un coin de sa cage. Il avait un pied bandé, les yeux voilés, le souffle bref et saccadé.

– Il va mourir, laissa échapper Rollo.

– Oui. Ils essayent prendre pied et bouger pour que orteils vont dans autre sens. Ils essayent faire – comment vous dites ? Homme abominable.

– Un abominable homme des neiges, corrigea Ned. Un yéti. Ils sont censés avoir les pieds à l'envers.

Slavek referma la porte à clé et se tourna vers les enfants.

– Il y a plus, dit-il. C'est pour argent, argent, argent... (Il frotta ses doigts en un geste éloquent.) Les gens viennent – ils veulent ce qui existe pas. Ils payent, payent, payent et Dr Manners il devient très riche.

– Un centre de fabrication d'animaux disparus, conclut Ned. C'est incroyable.

Mais ils savaient bien que c'était possible. Les gens paient des fortunes pour avoir des animaux rares et originaux. Combien seraient-ils disposés à offrir pour des animaux appartenant à des espèces disparues – voire des créatures mythiques ?

De retour à la cabane, ils virent que les Mindaves avaient emballé leurs pauvres affaires. Trois sacs, par terre, contenaient tous leurs biens. Les femmes portaient leurs châles, les hommes avaient boutonné leurs vestes.

– Vous devez aller vite à police, répétèrent-ils. Nous pouvons pas – nous avons pas argent, pas papiers, nous être comme esclaves et maintenant nous rentrons au pays. Mais vous allez dire.

– Mais comment allez-vous rentrer au pays sans argent ? demanda Madlyn. Qu'allez-vous faire ?

Les hommes sourirent.

– Nous avons plan, répondit Slavek en se tapotant l'aile du nez, et les autres hochèrent la tête en reprenant : Oui, nous avons plan.

À ce moment-là seulement, Rollo, suffisamment remis du choc, put poser la question qui le taraudait :

– Et les vaches ? Que va-t-il leur arriver ? Pourquoi ont-ils amené le troupeau ici ?

À la pensée de ce qu'il venait de voir, Rollo se remit à frissonner.

Les Mindaves échangèrent des regards.

– Nous savons pas, dit Slavek, mais c'est très grand, quoi arriver à les vaches. Très grand, très important.

C'est important et c'est bientôt. Il attend que bateau apporte quoi a besoin, et maintenant bateau est arrivé.

Son frère opina du bonnet :

– C'est très grand pour les vaches. Je crois peut-être c'est ce soir.

Là-dessus ils serrèrent la main aux enfants un par un.

– Vous pouvez reposer ici, indiquèrent-ils. Mais bientôt vous devez rentrer et dire.

Et les enfants se retrouvèrent seuls.

Chapitre vingt-trois

Les Mindaves étaient partis. Les trois enfants se blottirent dans la cabane vide, sonnés. Il fallait qu'ils retournent sur le continent et qu'ils informent le monde de l'existence de ce lieu abominable – et vite.

Ned entrebâilla la porte.

– Il n'y a personne. En descendant sur la plage et en passant par la côte, on devrait y arriver.

Ils n'avaient pas beaucoup avancé quand un son les arrêta : la plainte triste mais révoltée d'une vache séparée de son veau. Puis des cris d'hommes aboyant des ordres, des bruits de sabot...

« C'est grand quoi arriver à les vaches, avaient dit les frères. C'est important et c'est bientôt. Peut-être c'est ce soir. »

Sans une seconde d'hésitation, les enfants firent demitour et repartirent en courant vers les constructions.

Ils arrivèrent devant une sorte d'aire de stationnement, une cour bétonnée entourée de rigoles d'écoulement qui avait été généreusement lavée au désinfectant. Un incinérateur occupait un côté de la cour. À l'autre bout se dressait un gigantesque bâtiment – gris, dépourvu de fenêtres, menaçant. Il avait une allure de hangar à avions ou d'atelier industriel.

À côté de l'incinérateur s'alignait une rangée de poubelles, derrière lesquelles les enfants se cachèrent.

Il leur sembla attendre une éternité. Et puis, lentement, très lentement, les battants de l'immense porte d'acier commencèrent à s'écarter. L'ouverture grandit, grandit... et devant leurs yeux, éclairée par des projecteurs plus vifs et plus éblouissants que la lumière du jour, surgit comme sur une scène de spectacle une table d'opération, haute et d'une blancheur clinique. Des bouteilles à oxygène en chrome étaient disposées à côté, ainsi que des indicateurs de pression et des chariots chargés de bocaux de liquide et de rouleaux de tuyaux de caoutchouc. À proximité, une étagère était couverte d'instruments énormes et scintillants : des scalpels, des ciseaux, des forceps et des pinces.

Rollo laissa échapper un hoquet de surprise, et Madlyn lui passa un bras autour des épaules.

Le labo était vide, mais au bout de quelques instants, un homme en blouse blanche entra et retira d'un évier une longue défense spiralée qui trempait.

L'homme se retourna et les enfants virent son visage.

C'était le vétérinaire à la barbe noire qui était venu à Griffstone, celui qui avait prétendu que les vaches étaient malades. Bien qu'il eût rasé sa barbe, ils le reconnurent tout de suite. C'était l'homme que Rollo avait aperçu par la fenêtre de l'hôtel.

Mais avant de pouvoir comprendre ce que signifiait tout cela, ils entendirent des bruits de sabots, et un veau passa devant eux, la tête pendante, mené par un homme en bleu de travail.

Le veau était d'une blancheur immaculée et il marchait aussi lentement que devaient le faire les bêtes du temps jadis, lorsqu'on les conduisait au temple pour le sacrifice et qu'elles pressentaient leur terrible sort. En atteignant le flot de lumière qui se déversait par les battants largement ouverts, le veau raidit les pattes et voulut planter les sabots dans le béton, mais il glissa sur le sol mouillé. L'homme tira sur la longe et le força à avancer.

Rollo l'avait immédiatement reconnu. C'était le plus jeune des veaux, celui qu'il avait vu naître. Son veau.

Ned le retint quand il essaya de bondir hors de sa cachette.

– Attends, chuchota-t-il. Nous devons savoir.

L'homme qui menait le veau tira encore sur la courroie et traîna le veau à l'intérieur de la salle d'opération.

La porte de droite s'ouvrit de nouveau, livrant le passage au Dr Manners. Il portait une blouse montante, avec un masque de chirurgien autour du cou.

– Tout est prêt, Fangster ? demanda-t-il.

Le vétérinaire qui s'était fait appeler le Dr Dale acquiesça et brandit une défense spiralée et pointue.

– C'est la plus petite. Il faudra comprimer fortement la plaie, mais elle devrait bien se refermer. Et sinon...

Il haussa les épaules.

– Absolument, approuva le Dr Manners.

Fangster hissa le veau sur la table d'opération. La bête était folle de peur et résistait de toutes ses forces.

Le Dr Manners entreprit de remplir une grosse seringue. Le vétérinaire se saisit de la défense de narval et la posa sur la tête de l'animal captif.

À cet instant, les enfants comprirent tout.

Chapitre vingt-quatre

Tout avait commencé dans un pays lointain, le royaume du Barama, à cause d'un petit prince maladif qui avait du mal à dormir.

Le Barama est un très beau pays d'Amérique du Sud. Il est bordé par le Venezuela à l'est et par la Guyane à l'ouest, et beaucoup de personnes n'en ont jamais entendu parler, bien que l'homme qui le gouverne soit sans doute la personne la plus riche du monde.

Le Barama, donc, est un pays magnifique : il a une côte bordée de palmiers, des montagnes couvertes d'arbres bleutés et des prairies fleuries. Mais ce qui rend le Barama si particulier, c'est une chose et une seule : le pétrole.

Le pétrole fuse en abondance du désert de sable, et plus on fore, plus on en extrait, plus on en met en tonneaux pour les vendre aux pays avides de pétrole, plus le sous-sol semble en regorger.

Avant la découverte de cette manne, les princes du Barama menaient des vies très actives. C'étaient des hommes forts et moustachus qui chassaient, faisaient la guerre à leurs voisins et se battaient entre eux.

Mais quand ils s'enrichirent, tout changea. Ils édifièrent d'immenses palais qu'ils remplirent de meubles précieux. Ils s'achetèrent des voitures, des yachts et des avions, couvrirent leurs filles et leurs épouses de bijoux fabuleux. Ils acquérirent aussi des centaines de costumes et de paires de chaussures ainsi que de somptueuses robes de cérémonie, firent des repas de plus en plus copieux, s'entourèrent de plus en plus de domestiques.

Le résultat de tout cela fut exactement ce à quoi on peut s'attendre : l'ennui et la tristesse les gagnèrent. Leurs muscles fondirent car ils ne se rendaient plus jamais nulle part à pied, mais se faisaient conduire partout en voiture, et leurs ventres étaient constamment ballonnés par les indigestions à cause de la nourriture riche qu'ils mangeaient. Et à mesure que leurs palais grandissaient, les souverains du Barama devenaient plus petits, plus fragiles et plus tristes. Le souverain actuel du Barama, le roi Carlos, était vraiment un très petit homme.

Enfant, Carlos était chétif. Ses muscles étaient si faibles qu'un domestique devait monter l'escalier derrière lui pour l'aider à hisser les pieds d'une marche à l'autre, et il avait grandi en se nourrissant essentiellement de bouillies – de la semoule au lait, des soupes de lentilles – car les aliments solides lui donnaient mal au ventre.

La mère du prince Carlos était morte alors qu'il était encore bébé, puis son père s'était remarié cinq fois, en choisissant des épouses de tous les coins du monde. Ses cinq belles-mères avaient fait de Carlos un garçon malheureux et angoissé. Pas une seule ne l'avait aimé ni ne l'avait traité gentiment, et lorsque son père avait divorcé d'elles et qu'elles étaient parties, vexées, en emportant leurs bijoux et leur argent, le petit garçon ne les avait plus revues.

Une personne dans la vie de l'enfant ne l'avait jamais abandonné : Nadia, sa nounou.

Nadia venait de très loin, de la frontière entre la Chine et la Russie. Quand elle arriva au Barama, le prince était tellement maladif et gâté qu'il n'arrivait pas à dormir la nuit. Il restait allongé dans son lit à baldaquin, dans sa chambre immense, et fixait le plafond en imaginant que des diables et des goules armés jusqu'aux dents allaient fondre sur lui et lui trancher la gorge.

Ce petit garçon craintif que personne n'aimait faisait de la peine à Nadia qui s'asseyait à son chevet nuit après nuit, et lui racontait des histoires.

Ces histoires étaient celles qu'elle avait entendues dans son lointain pays. C'étaient des histoires de bêtes mythiques – des bêtes bonnes et aimables qui aidaient les voyageurs et les réconfortaient. Elle lui parlait de griffons, de dragons et de chevaux ailés. Elle lui parlait de chiens doués de la parole, de coqs d'or et de serpents bienveillants qui s'enroulent autour des enfants pour les protéger... et surtout, elle lui parlait d'une bête en particulier, d'une créature que son peuple aimait plus que toute autre au monde. Et quand elle s'asseyait au chevet du petit Carlos et contait de sa voix douce et basse, il arrivait à s'endormir.

Puis vint le jour où le père de Carlos se noya en plongeant de son nouveau yacht, et Carlos accéda au trône du Barama.

Il pouvait faire tout ce qui lui plaisait, maintenant, mais le problème était qu'il ne savait pas ce qui lui plaisait. Ses cinq belles-mères l'avaient détourné des femmes, ses indigestions l'avaient dégoûté de la nourriture, et il n'avait pas vraiment de travail à faire pour gouverner son pays, car ses ministres s'en occupaient merveilleusement bien.

Pendant quelque temps, il erra de palais en palais, traînant avec morosité dans ses bains turcs, et il s'acheta une foultitude de robes de chambre à pompons dorés dans lesquelles il se prenait les pieds.

Mais un jour où il regardait par la fenêtre d'un œil morne, il eut une vision. Il allait créer un jardin superbe – un jardin de paradis – qu'il emplirait d'arbres rares, de fleurs somptueuses et d'animaux qu'on ne pourrait voir nulle part ailleurs : ceux dont Nadia lui parlait dans ses histoires. Notamment et surtout la bête qui était, avait-elle affirmé, la plus belle, la plus douce et la plus puissante de toutes, l'animal que les siens aimaient plus que tout autre au monde.

S'il parvenait à trouver cette étonnante créature, si

douce et si rapide, pour son jardin de paradis, il serait un homme heureux, croyait-il.

– Seulement je n'en veux pas qu'une, dit-il. Les rois du Barama ne se sont jamais contentés d'un seul spécimen de quoi que ce soit. J'en veux un troupeau entier.

Les conseillers du roi se mirent donc à la recherche de quelqu'un qui puisse satisfaire ses désirs et, au terme d'une longue quête, ils dénichèrent le Dr Maurice Manners, du Centre pour animaux de Blackscar, en Grande-Bretagne.

Lorsque le Dr Manners apprit ce que souhaitait le roi du Barama, il hésita. C'était la commande la plus importante qu'on lui ait jamais passée et elle présentait toutes sortes de difficultés techniques... mais dès qu'il sut que le roi offrait cinq millions de livres sterling, il cessa d'hésiter et se mit à réfléchir à ce qui pouvait se faire.

Manners s'était réfugié à Blackscar après une série d'accidents malheureux dont avaient pâti certaines des dames qu'il avait opérées pour les embellir. Une plastie abdominale s'était infectée, un nez refait s'était retrouvé derrière les oreilles de la patiente, et, au lieu de le soutenir et de le protéger, ses confrères médecins avaient déclaré qu'il faisait honte à la profession et ils lui avaient interdit de continuer à exercer.

D'aucuns auraient été tellement offensés qu'ils en auraient abandonné la partie... Pas le Dr Manners. Il rencontra un brillant vétérinaire qui ne se contentait pas de soigner les animaux malades, jugeant cette tâche des plus ennuyeuses, mais qui s'était lancé dans toutes sortes de passionnantes expériences, par exemple relier les poumons d'un animal au cœur d'un deuxième, puis à l'estomac d'un troisième. Ensemble, les deux hommes avaient conçu l'idée du Centre de Blackscar.

Car, comme dit Manners à son acolyte : « Si les gens veulent des animaux qui n'existent pas et s'ils sont disposés à payer très cher, nous *fabriquerons* ces créatures, tout simplement. À nous deux, nous savons tout ce qu'il faut savoir sur les implants osseux et les greffes de tissu et de peau, alors qu'est-ce qui nous empêche de transformer un poulet en dodo ou une autruche en mergule nain ? En plus, nos clients seront si contents d'avoir leur animal, qu'ils seront persuadés de détenir un spécimen authentique. »

Manners avait raison. Les collectionneurs croyaient ce qu'ils avaient envie de croire et cachaient des animaux rares dans des zoos secrets et des parcs privés un peu partout sur la planète.

Il n'empêche qu'au début, la commande du roi du Barama les avait plongés dans l'embarras. Ils allaient devoir, estimèrent-ils, se procurer un troupeau de chevaux d'une blancheur immaculée, ce qui pourrait prendre beaucoup de temps et coûter très cher. Mais lorsqu'ils commencèrent leurs recherches sur les créatures qu'ils étaient censés fabriquer, ils découvrirent une chose très intéressante. Les sabots de ces bêtes n'étaient pas arrondis et d'un seul tenant comme ceux des chevaux ; ils présentaient un sillon en leur milieu. Ces bêtes étaient des animaux à sabots fendus, comme les vaches, les moutons ou les chèvres.

Non seulement ça, mais tous les livres que Manners et le vétérinaire avaient consultés s'accordaient sur un point : ces créatures appartenaient à une race parfaitement pure, qui n'avait jamais connu aucun croisement.

Alors, quand ils entendirent parler du troupeau sauvage du parc de Griffstone, ils surent que leur quête était terminée – et que le roi du Barama aurait ses licornes.

Chapitre vingt-cinq

Le Dr Manners s'approcha en tirant sur ses gants. Il souriait.

Le veau gisait sur la table d'opération, attaché et impuissant ; il n'émettait plus aucun son maintenant, et roulait des yeux terrifiés.

– Il est temps d'anesthésier le patient, dit Manners.

C'était le début de l'aventure : le premier veau du monde à être changé en licorne. Ils l'avaient choisi jeune parce que les tissus étaient tendres – il serait plus facile de percer un trou dans son front et d'y implanter la défense de narval – et aussi parce que ses propres cornes n'étant pas encore formées, il ne serait pas nécessaire de les retirer, comme ils allaient devoir le faire chez les animaux plus âgés. Bien sûr, étant si jeune, le veau risquait davantage de mourir pendant l'opération, mais il y avait plein d'autres bêtes dans l'enclos.

Des bêtes qui valaient cinq millions de livres...

La défense de narval attendait dans son bocal de désinfectant. Elle ressemblait à s'y méprendre à une défense de licorne : pas étonnant si les gens appelaient autrefois les narvals des « licornes de mer ».

Un assistant, en blouse et masque lui aussi, avait préparé les outils stériles : le rasoir pour mettre à nu un carré de peau entre les oreilles de la bête, la perceuse qui permettrait de pratiquer le trou dans son crâne, les scalpels, les fils et les tampons de coton. Une bouteille de sang était placée sur un chariot, à portée de main en cas d'urgence.

– Les portes ! ordonna Manners.

L'assistant appuya sur un bouton et les portes donnant sur l'aire de stationnement commencèrent à se fermer.

Dehors, les enfants se jetèrent frénétiquement sur les lourds panneaux d'acier coulissants pour essayer de les écarter.

Impossible. Il ne restait plus qu'une mince ouverture qui rétrécissait à toute vitesse. Rollo parvint à se glisser à l'intérieur, Madlyn sur ses talons.

Ned n'eut pas cette chance. Avant qu'il puisse se faufiler par l'embrasure, les portes se clorent en claquant impitoyablement et il se retrouva seul dans la cour.

Le Dr Manners s'était saisi de la seringue. Il la brandissait au-dessus de la tête du petit veau, s'apprêtant à plonger l'aiguille dans une veine de sa gorge.

C'est à cet instant-là que Rollo et Madlyn déboulèrent dans la pièce.

– Eh bien, eh bien, qui voilà donc ? dit le docteur, qui poursuivit avec son calme habituel : attachez-les. On s'occupera de leur cas plus tard. (Il se tourna vers les enfants.) Puisque vous êtes là, autant que vous regardiez. Il n'est pas donné à tous les petits fouineurs d'assister à la création d'un animal.

– Vous n'avez pas le droit, s'égosilla Rollo. Vous ne...

Une main se plaqua sur sa bouche.

Les enfants n'avaient aucune chance face à Fangster et l'assistant : en moins de deux, ils se virent jeter au sol et ligoter avec des bandes chirurgicales, réduits à la même impuissance que la malheureuse bête gisant sur la table d'opération.

Et il n'y avait personne pour les aider. Ils étaient complètement seuls.

L'opération était engagée. Fangster avait choisi son rasoir, l'assistant sorti la perceuse de son emballage stérile.

Manners tendit la main pour reprendre la seringue sur le chariot.

Sauf qu'elle n'était plus là. Elle avait roulé sur la surface parfaitement plane et s'était brisée par terre.

– Mais bon sang, qu'est-ce que tu fabriques, espèce d'idiot ? cria Manners.

– Ce n'est pas moi, rétorqua Fangster en colère. Je n'y ai pas touché. (Il regarda l'assistant.) Vous avez dû la faire tomber avec le bras.

– Pas du tout. Je n'étais même pas de ce côté-là.

– Préparez-en une autre, commanda Manners.

Une seconde seringue fut retirée de son emballage et remplie d'anesthésiant. Manners était irrité à présent. Il planta violemment la pointe de l'aiguille dans la gorge du petit veau, qui poussa un mugissement de douleur.

Comme le docteur allait enfoncer le piston, la seringue s'extirpa de sa main, voltigea et alla s'enfoncer dans un seau à cendres.

Manners respira à fond. Ce n'était rien de bien grave. Ses nerfs lui jouaient un tour, c'était tout. Les gens ne se rendent pas compte que même les chirurgiens les plus réputés ont le trac avant d'opérer. Il avait des hallucinations.

Fangster avait sorti la défense de narval de son bocal. Soudain, elle lui échappa. Et se mit à flotter tranquillement dans l'air, par elle-même... À monter, de plus en plus haut, avant de pivoter pour redescendre derrière lui.

– Aïe, aïe ! Qu'est-ce que vous faites ? hurla Fangster à son assistant. Arrêtez, ça fait mal !

– Je ne fais rien, dit l'assistant. C'est la défense... elle se plante dans vos fesses !

Madlyn parvint à tourner la tête et à croiser le regard de Rollo. Ils s'étaient crus seuls et sans amis et ils avaient eu bien tort.

Manners s'était ressaisi. S'il ne pouvait pas se servir de la seringue, il allait assommer la bête.

– Passez-moi un marteau ! beugla-t-il.

Mais un tuyau de caoutchouc s'était déroulé lentement, très lentement... comme un serpent qui se déploie après un long sommeil, et s'éleva au ralenti, flotta doucement jusqu'à Manners et entreprit de s'enrouler autour de son cou.

– Ahhh ! Lâchez-moi ! hoqueta le docteur.

– Brenda, murmura Madlyn. Elle adore étrangler.

Fangster avait les nerfs qui lâchaient. Il voulut aller chercher un scalpel sur l'étagère, déterminé à pratiquer une incision et à greffer la défense d'une manière ou d'une autre – mais avant qu'il puisse se saisir du scalpel, ce dernier l'attaqua. Il quitta la tablette de son propre chef et fonça dans sa direction. Le vétérinaire eut tout juste le temps de baisser la tête quand le scalpel passa en flèche devant lui et alla se planter dans le mur.

Au plafond, un spot vacilla, puis s'écrasa par terre. Sunita donnait toujours ses meilleures performances au plafond. Un deuxième projecteur se décrocha et un éclat de verre toucha l'assistant à l'épaule.

– Continuez sans moi ! cria l'assistant, qui disparut par la porte du fond.

Une bouteille de sang se renversa. Le liquide poisseux se répandit sur le sol, Fangster glissa et s'étala de tout son long.

– Arrêtez ! hurla-t-il en parlant dans le vide. Je sais que vous êtes là, je vous sens. Arrêtez de me piétiner la poitrine.

Les enfants échangèrent un regard. Les Pieds avaient donc mis leurs problèmes de côté pour venir à la rescousse.

Entre-temps, Manners était arrivé à se dégager du

tuyau de caoutchouc. Mais là, il perdit l'esprit. Il attrapa la perceuse à la mèche redoutablement pointue et se précipita vers les enfants. C'était leur faute. Toute cette folie avait commencé quand ils étaient entrés. Tout en jurant et en dérapant sur les bris de verre qui crissaient sous ses pieds, Manners leva le bras, prêt à abattre la pointe de l'instrument sur la tête de Rollo.

Ce qui se produisit ensuite fut si horrible que Manners crut mourir. Une main invisible le tira en arrière. Il se sentit attrapé et secoué, roué, battu... mais pire encore, quand il retomba contre le mur, il perçut une sorte de mouvement, comme si quelqu'un décrochait quelque chose.

Il sentit des pattes trottiner sur son visage. Il ne les voyait pas, mais il savait qu'elles étaient là : grises, hideuses, parfaitement répugnantes. Et après les pattes, glissant lentement en travers de sa joue, passa quelque chose de long et froid, écailleux. Une queue...

Alors, du fond du sombre néant qui l'attaquait, monta un cri.

Ned n'avait pas perdu de temps quand les portes lui avaient claqué au nez.

Il devait transmettre un message à Sir George et à la police, mais par quel moyen ? Il se souvint alors du baleinier amarré à la jetée. Les bateaux ont tous une radio à ondes courtes. Pourvu qu'il ne soit pas déjà trop tard.

Le bateau était encore là, mais il y avait des signes d'activité à bord : on enroulait des cordes, un moteur grondait, des hommes arpentaient le pont d'un pas décidé. C'est à ce moment-là seulement que Ned eut peur qu'ils ne le laissent pas se servir de leur radio. Des hommes qui braconnaient le plus joli et le plus rare des cétacés n'étaient sans doute guère portés à aider les gens dans l'embarras.

Mais, tandis qu'il remontait la jetée en courant, il remarqua quelque chose de bizarre. Le drapeau norvégien avait disparu, remplacé par un autre.

Lequel était des plus insolites, puisqu'il se composait d'un caleçon long de couleur rouge, d'une écharpe verte et d'une casquette violette.

Où avait-il vu ces couleurs ? Mais bien sûr ! Sur les murs de la cabane des Mindaves. C'étaient les couleurs nationales de la Mindavie. L'homme qui enroulait les cordages se retourna.

– Eh ben ? Tu faire quoi ici ? s'écria Slavek. Tu devoir aller dire...

Les mots se bousculant sur ses lèvres, Ned expliqua :

– J'ai besoin d'utiliser la radio. J'ai besoin que quelqu'un envoie un message, s'il vous plaît, s'il vous plaît. Ils sont en grand danger !

– Venir avec moi, dit Slavek.

Il l'emmena dans une cabine où était assis un homme en veste et pantalon de ciré, gardé par un des cousins de Slavek armé d'un fusil.

– Nous avons pris bateau, annonça Slavek avec

entrain. Maintenant nous rentrons pays. (Il donna une petite bourrade à l'opérateur radio.) Quand il envoyer ton message, nous jetons lui à la mer comme autres.

– Vraiment ?

– Bien sûr. Nous avons besoin bateau.

– Mais qu'est-ce qui va leur arriver ?

Slavek haussa les épaules.

– Ils savoir nager, peut-être. Être dommage parce qu'ils être mauvais hommes.

La dernière image que vit Ned en repartant à toutes jambes vers le labo fut celle de la vieille dame à la dent d'or, appuyée à la balustrade, qui lui faisait au revoir.

Les portes d'acier béaient. Le labo était sens dessus dessous : des éclats de verre et des flaques de liquide couvraient le sol, les meubles étaient renversés. Rollo serrait dans sa main la longe du petit veau. Madlyn était penchée au-dessus d'un évier, luttant contre la nausée.

Et les fantômes s'étaient rendus visibles – mais bien qu'ils aient sauvé les enfants et le veau, ils n'avaient l'air ni triomphants ni victorieux.

Ranulf était assis sur un casier, la tête entre les mains, et les autres l'entouraient avec inquiétude. Pas étonnant que ce fantôme digne et imposant ait poussé un cri si effroyable. Sa chemise était ouverte et, de toute évidence, quelque chose clochait terriblement.

Quant à Manners et Fangster, ils avaient disparu de la circulation.

Les deux hommes s'étaient enfermés dans les vestiaires, où ils se stérilisaient les mains avant les opérations : un espace désinfecté, d'une blancheur clinique, avec une rangée de lavabos, une douche et deux WC.

Ils se sentaient en sécurité ici. La porte des vestiaires était fermée avec une barre et, si nécessaire, ils pouvaient se replier encore plus loin, se réfugier dans les cabinets en tirant le verrou derrière eux.

– Ils ne nous... trouveront pas... ici, bafouilla Manners.

Ses dents claquaient, une de ses joues était contusionnée là où l'avait percuté une boîte en métal qui avait voltigé à travers la pièce. Le vétérinaire avait le teint plâtreux et ne pouvait se retenir de trembler. Les deux hommes avaient oublié les licornes et les millions de livres sterling qu'ils avaient espéré gagner. Tout ce qu'ils souhaitaient, maintenant, c'était sauver leurs peaux.

C'est alors qu'ils remarquèrent qu'il se passait une drôle de chose sur la porte. Elle était hermétiquement close, toutefois le centre du panneau de bois semblait se brouiller en... une forme scintillante qui sauta au sol et trottina dans leur direction.

– C'est un rat ! hurla Manners en reculant.

Oui, mais pas un rat ordinaire. Un rat issu des cauchemars les plus affreux : un rat énorme, difforme, à la queue écailleuse et aux dents jaunes, dont le corps ne cessait de trembler, de clignoter et de se dissiper pour se reconstituer ensuite de lui-même.

Il avançait lentement, la gueule ouverte, comme s'il cherchait… Soudain il s'arrêta.

– Pschtt ! ! Pschtt ! Va-t-en !

Fangster attrapa la balayette des WC et assena un coup violent sur le dos de l'animal. Avec un drôle de couinement mouillé, le rat disparut.

– Il est parti !

– Non. Non, regarde, il s'est reformé. Oh mon Dieu, c'est monstrueux !

Le rat se rapprocha, et les deux hommes reculèrent en bredouillant de terreur. C'était de loin le plus horrible de tout ce qu'ils avaient vécu jusqu'alors : l'immonde créature changeait de forme et cherchait quelque chose à mastiquer.

– On pourrait peut-être sauter par-dessus et se sauver en courant, suggéra Manners.

Mais dès qu'ils bougeaient, le rat bougeait à son tour – il se dressait sur ses pattes arrière, agitait les mandibules, explorait…

Il était arrivé très près du pied de Manners ; il ouvrit alors la gueule.

Ce que ses crocs trouvèrent ne faisait pas du tout l'affaire, cependant. Le rat ne voulait pas d'une chaussure dure et non-ectoplasmique, il ne souhaitait pas de jambes de pantalon sentant le désinfectant.

Le rat désirait ce qu'il avait toujours connu, ce dont il avait toujours eu besoin. Il voulait ce qui lui avait été arraché si violemment et si abruptement. Il voulait le torse poilu et le cœur si familiers de l'homme auquel il appartenait.

Bouleversé, troublé et désorienté, le rat de Ranulf tint les deux hommes prisonniers et attendit.

Chapitre vingt-six

D'habitude, l'Oncle George était prudent au volant, et sa vieille Bentley se trimbalait dans le village sans guère dépasser la vitesse d'un tracteur.

Mais là, il ne conduisait pas lentement. Depuis que le message de Ned avait été capté par le récepteur grésillant d'un jeune membre du club radio, l'Oncle George se comportait comme un fou furieux.

Il avait rassemblé son tromblon, son pistolet du temps de la guerre et le fusil de chasse de son grand-père et il était prêt à tailler en pièces quiconque avait touché aux enfants. Emily voulait l'accompagner ; elle était complètement hystérique, elle aussi, depuis qu'elle avait découvert la disparition des enfants.

– Je veux être à tes côtés ! cria-t-elle. Moi aussi, je veux dégommer quelqu'un !

Mais George avait réussi à la convaincre qu'il valait mieux qu'elle aille au commissariat au cas où les policiers demandent des détails supplémentaires. Et puis, au moment même où il allait se mettre en route, une voiture s'était rangée près de la sienne. En avaient déboulé trois dames rondelettes en manteaux noirs qui l'avaient salué comme s'il était un vieux parent perdu de vue, bien qu'il ne les connaisse ni d'Eve ni d'Adam.

– Youhou ! Nous sommes les Hurlantes ! lança l'aînée des dames, qui était également la plus dodue. On s'est dit qu'on allait s'arrêter chez vous en allant à Blackscar pour dire aux...

– Blackscar ? coupa sèchement Oncle George. Que savez-vous sur Blackscar ?

– Eh bien, c'est une histoire tout à fait extraordinaire, commença l'aînée des Hurlantes. Nous avons eu une vision !

– Elle nous est venue tandis que nous émergions de notre sieste, ajouta la Hurlante du milieu. Depuis qu'on les avait vus à la gravière, on n'avait pas arrêté de se creuser la cervelle.

– Alors on a décidé d'aller là-bas et d'en avoir le cœur net, parce qu'on avait bien vu qu'ils étaient très troublés et quand on s'est souvenues...

Mais Sir George n'était pas d'humeur à écouter ce bavardage sans queue ni tête.

– Pourriez-vous vous écarter, s'il vous plaît ? aboya-t-il. Si vous voulez aller à Blackscar, vous n'avez qu'à me suivre.

Les Hurlantes ne tinrent aucun compte de ses injonctions.

– Ne me dites pas que vous allez à Blackscar, vous aussi ? Vous voulez dire que vous avez eu la même idée pour les Pieds ? Et...

Là, Sir George perdit patience.

– Poussez-vous, mesdames, coupa-t-il d'un ton sec.

Il ouvrit la portière et monta en voiture, mais avant qu'il ait pu lancer le moteur, les trois Hurlantes avaient grimpé à l'arrière.

– C'est fou cette coïncidence ! Et vous vous imaginez les économies d'essence qu'on va faire ! Nous sommes prêtes, Sir George. Pas vrai, les filles ?

S'il n'y avait eu qu'une seule Hurlante, Sir George l'aurait jetée dehors. Ou même deux. Mais déloger de sa banquette arrière trois Hurlantes bien nourries prendrait trop de temps. Il serra les mâchoires de son dentier et appuya sur le champignon.

Sir George était parti pour rouler toute la nuit. Le message du bateau faisait mention du troupeau volé, mais à la grande surprise de Sir George, ce n'était pas aux bêtes qu'il pensait, mais aux enfants. Il essaya de se rappeler son inquiétude quand il avait appris que Rollo et Madlyn allaient venir passer l'été, et il réalisa qu'à présent rien d'autre ne comptait que leur sécurité, à Ned et à eux.

Sir George était un vieil homme. Conduire sous la pluie et dans le brouillard l'épuisa plus qu'il ne l'aurait cru. Lorsqu'il arriva enfin à Blackscar et coupa le moteur, il s'affaissa presque sur le volant.

Puis il releva lentement la tête. Il s'était arrêté au bord d'une petite falaise qui dominait la mer et l'île.

Et ce qu'il vit semblait tiré d'un récit de la naissance du monde.

Le troupeau sauvage du parc de Griffstone avançait, comme marchant sur l'eau, et les cornes des bêtes brillaient sous les premiers rayons du soleil. En tête venait le roi-taureau ; une déesse indienne scintillante aux longs cheveux flottants, assise sur sa croupe, l'exhortait à aller de l'avant. Le roi était suivi de la vieille vache à la corne ratatinée, qui boitait un peu ; puis, s'égrenant en file indienne sur la chaussée, s'approchaient toutes ses autres bêtes : le taureau coléreux, les deux veaux inséparables, la vache qui adorait les orties...

Il les vit toutes et les reconnut toutes. La lumière matinale s'accentua, et la déesse se changea en Sunita. C'est alors que Sir George aperçut les enfants. L'eau caressait déjà la chaussée, mais ils marchaient d'un pas régulier, la tête haute. Ned et Madlyn s'étaient placés à l'avant pour guider le troupeau.

Et, en queue du cortège, Rollo menait le plus petit des veaux par une longe.

Au début, Sir George ne fit que regarder, gêné par les larmes qu'il sentait poindre. Les Hurlantes s'étaient endormies. Sir George se hâta alors de rejoindre la plage. Le roi-taureau, atteignant la terre ferme, mugit, puis il partit en direction d'un champ derrière la chapelle, suivi du reste du troupeau.

– Laissons-les tranquilles, dit Sir George. On les rassemblera plus tard. (Il voyait bien que les bêtes étaient somnolentes, peut-être encore sous l'effet de médicaments. Elles ne risquaient pas de s'aventurer bien loin.) Et vous ? demanda-t-il aux enfants. Vous n'êtes pas blessés ?

Ned secoua la tête.

– Tout va bien. Madlyn a inhalé un peu d'anesthésiant, mais elle se sent mieux maintenant.

– Oui, confirma Madlyn, je vais bien. Mais les fantômes sont un peu secoués, et Ranulf a eu un choc terrible.

Mais Sir George ne s'intéressait pas aux fantômes. Ce qu'il voulait, c'était se venger des méchants.

– Où sont-ils ? s'enquit-il. Où sont les hommes qui ont fait ça ?

Il avait fallu un certain temps pour conduire tout le troupeau sur le continent, puis dans le champ. Rollo tendit les jumelles à son grand-oncle et pointa du doigt.

Sir George fit la mise au point et les braqua sur la Boîte de Blackscar. La marée, dit-on, monte à la vitesse d'un cheval au galop. À présent, elle avait complètement submergé la chaussée, et les deux hommes qui avaient essayé de fuir l'île s'étaient retrouvés pris au piège.

À travers les jumelles, il découvrit les visages grimaçants et terrifiés du Dr Manners et du vétérinaire.

– Je leur réglerai leur compte quand ils rejoindront le rivage, dit Sir George en jubilant. Je n'épargnerai pas mes munitions.

Juste à ce moment-là, des sirènes retentirent, et trois voitures de police dévalèrent la colline.

– Zut de zut, pesta-t-il. Ils vont vouloir les arrêter, c'est sûr. (Il secoua tristement la tête.) Ça fait des années que je n'ai descendu personne.

Chapitre vingt-sept

Le troupeau était de retour à Griffstone. L'effet des médicaments s'était dissipé, et les bêtes parcouraient librement le parc comme naguère. Rollo passait les dernières journées qui lui restaient avant le retour de ses parents à les contempler du haut du mur.

L'agitation qui avait entouré leur retour était retombée – les articles dans les journaux, les visites de la police – mais tout n'était pas exactement comme avant. Le plus petit des veaux, celui que les enfants avaient sauvé de la table d'opération, ne se comportait plus comme un membre du troupeau sauvage du parc de Griffstone était censé le faire. Il était apprivoisé et attendait les enfants près des grilles en meuglant. Malgré la désapprobation de Sir George, le veau était devenu un animal familier qui entrait dans la cour et montait les escaliers du château.

Les fantômes non plus n'étaient pas complètement les mêmes. Ils avaient déployé tant de force ectoplasmique à Blackscar qu'ils avaient davantage envie de se reposer que de hanter.

– Nous nous remettrons à hanter, bien sûr. Nous ferons tout pour vous aider, assura Brenda. Mais je ne me sens plus aussi portée à étrangler qu'avant.

Le vrai problème, cependant, c'était Ranulf. D'une certaine façon, Ranulf avait toujours été le chef des fantômes, leur porte-parole. Sans le rat, c'était devenu un fantôme plus silencieux et légèrement plus gros.

– Mais tu es content, n'est-ce pas ? lui demandaient les gens.

– Bien sûr que je suis content, rétorquait-il. Qu'est-ce que vous croyez ?

Il n'empêche qu'il était très grognon – et puis, bien sûr, Ranulf ouvrant sa chemise avait constitué une part importante de leur spectacle de château hanté. Lorsqu'un fantôme ouvre sa chemise pour montrer aux gens un rat qui lui ronge le cœur, c'est une chose. Lorsqu'il ouvre sa chemise pour leur montrer un torse quelconque parsemé de quelques poils, c'en est une autre.

Et puis il y avait les Pieds. Les enfants et les fantômes les avaient forcés à rentrer avec eux, mais ils étaient humides en permanence, et personne ne doutait que ce fût des larmes et non de la sueur qu'ils dégageaient. Eux non plus ne risquaient pas d'être d'un grand concours pour les Journées portes ouvertes. Ned leur avait diffusé le CD des quadrilles à huit, mais c'est à peine si un orteil avait tressailli.

– Je pourrais recommencer à faire des sachets de lavande, proposa Tante Emily, mais Madlyn s'empressa de dire que ce serait trop fatigant pour ses yeux, et qu'ils trouveraient un autre moyen de récupérer de l'argent.

Il se passa alors une chose des plus inattendues.

Un Américain en vacances en Grande-Bretagne gara sa voiture devant Griffstone et demanda à visiter les lieux. Il s'intéressait beaucoup à l'architecture ancienne, expliqua-t-il, et il savait que ce n'était pas un jour de visite, mais cela lui ferait tant plaisir.

C'était demandé si gentiment, et l'homme paraissait si sympathique, que Sir George accepta et pria les enfants de lui faire visiter le château.

L'Américain adora les oubliettes, la salle d'armes et la salle de banquet. Ensuite ils l'emmenèrent au musée, où il admira la machine à coudre, le canard empaillé qui s'était étouffé en avalant une épinoche et la collection de Pierres intéressantes.

Il s'arrêta alors devant le Hoggart.

– Mon Dieu ! s'exclama-t-il. Mais c'est incroyable. C'est extraordinaire. Je *suis* un Hoggart !

Les enfants le dévisagèrent en espérant qu'il n'ait pas perdu la tête. Un Hoggart était un petit machin marron avec quelques lettres imprimées dessus. En plus, il avait été trouvé à Griffstone ; il n'existait aucun autre Hoggart de par le monde. Le Cousin Howard avait consacré de longues heures à rechercher des informations sur les Hoggarts, en vain.

– Je suis un Hoggart, persista l'homme. Je suis Frederick Washington Hoggart. Tenez, regardez.

Il sortit son portefeuille et leur montra ses cartes de

crédit – dont il possédait toute une série. Indéniablement, c'était un Hoggart. C'était aussi un homme en proie à une grande fébrilité.

– Pourriez-vous demander à votre oncle de me laisser examiner cet objet ? Je le manipulerai avec une délicatesse qui vous étonnera. Mais il faut que je le voie. Il faut que j'examine ces lettres sur le dessous.

Les enfants allèrent donc chercher l'Oncle George qui descendit le Hoggart de son support et le tendit à l'Américain.

Celui-ci le regarda longuement. Puis, très lentement, il le retourna, faisant apparaître quelques touffes de cheveux collés.

– Oh, mon Dieu, mon Dieu... je n'arrive pas à y croire, c'est stupéfiant, dit-il, les larmes aux yeux. C'est le jour le plus extraordinaire de ma vie.

Il était tellement submergé par l'émotion, qu'ils durent lui trouver une chaise.

– Vous voyez ces lettres, expliqua-t-il quand il se fut ressaisi. C'est le nom de mon aïeul.

Et il leur raconta l'histoire de Josiah Frederick Hoggart qui avait combattu sous les ordres de George Washington pendant la guerre d'Indépendance américaine.

– Il était avec lui quand ils traversèrent le Delaware et vainquirent les Britanniques, et par la suite, il fut son conseiller en affaires. Washington, bien sûr, n'était pas du genre à oublier un ami. Avant de mourir, il laissa des consignes pour que Josiah soit invité à son enterrement.

C'était un grand honneur, comme vous pouvez l'imaginer. Josiah se vit attribuer une place au premier rang, et inutile de vous dire qu'il commanda une perruque neuve. Une perruque de toute première qualité, faite par le meilleur artisan de l'État. Elle était poudrée, bien sûr ; il la portait sous son tricorne. Et quand tout le monde leva son chapeau en inclinant la tête au passage du cercueil, Josiah retira par inadvertance sa perruque avec !

M. Hoggart s'interrompit, de nouveau submergé par l'émotion.

– Quelle honte ! poursuivit-il. Quel embarras ! Il envoya ses esclaves courir après la perruque, mais le vent la jeta dans la Potomac et elle fut emportée par le courant. Ce fut un coup terrible pour sa famille : la perruque portée aux funérailles de George Washington était définitivement perdue. Elle nous aurait permis de prouver l'ancienneté de la famille Hoggart.

Il se tut et se tamponna les yeux.

– C'est très petit, pour une perruque, observa Madlyn.

– Ce n'en est qu'une partie, bien sûr, mais ça suffit pour établir son authenticité. Oh, attendez que je raconte la nouvelle à ma femme ! Clara est tellement fière de nos ancêtres Hoggart. (Il secoua la tête.) La seule chose que je ne comprends pas, c'est comment elle a pu finir ici, à Griffstone ?

Sir George l'avait écouté attentivement.

– En fait, nous l'avons trouvée au grenier dans une vieille malle, et maintenant que j'y pense, c'était un coffre de marin. Un de mes aïeuls était capitaine de frégate, et il se peut très bien qu'il soit allé jusqu'à l'embouchure de la Potomac. Il n'est pas impossible qu'un de ses marins l'ait repêchée.

L'Américain tenait toujours le Hoggart entre ses mains. Plus que jamais, la chose avait l'air d'un bout de pékinois maltraité par la vie. L'homme se leva.

– Sir George, je sais que cette pièce doit vous être très chère. C'est certainement le joyau de votre collection. Mais si vous acceptiez de me la vendre, je ne saurais vous dire ce que ça signifierait pour nous.

Sir George était sur le point de répondre que M. Hoggart pouvait emporter cet objet pour rien, qu'il n'avait aucune valeur pour lui, quand Madlyn lui écrasa le pied.

– Combien êtes-vous prêt à en donner ? demanda-t-elle.

– Deux, cela vous conviendrait ? proposa l'Américain. Deux millions, bien sûr.

– Livres ou dollars ?

– Dollars mais, dites-moi, si ça ne suffit pas, que penseriez-vous de deux et demi ? L'argent n'est pas un problème pour moi. Je fabrique des poêles anti-adhésives, et vous seriez étonnés du nombre de gens qui en ont l'usage. Je pourrais aller jusqu'à trois, mais il faudrait que j'appelle Clara...

Sir George ravala sa salive.

– Deux et demi suffiront, convint-il – sur quoi M. Hoggart, aux anges, lui serra vigoureusement la main.

– Merci, monsieur, merci. Vous me rendez très heureux. Oh, attendez que je raconte ça à Clara. Nous la mettrons sous verre dans l'entrée, pour que tout le monde puisse la voir.

Sir George n'en dit rien, mais il était très heureux, lui aussi. L'argent, investi soigneusement, assurerait l'entretien des bêtes pendant de longues années.

C'était un immense soulagement de savoir que les fantômes pouvaient se reposer, et que Tante Emily n'avait pas besoin de coudre des sachets de lavande ni de confectionner des *scones*. Pourtant, même dans ces conditions, les enfants eurent du mal à ne pas être tristes quand vint le moment de rentrer à la maison.

Pour Rollo, la pensée de rentrer à Londres était allégée par une nouvelle que ses parents lui avaient annoncée au téléphone.

Son scinque était papa, papa de cinq bébés scinques. Pas des œufs, mais de vrais scinques grands comme un petit ongle. Le zoo avait envoyé une lettre.

– Je suppose que ça fait de moi une sorte de grand-père scinque, déclara Rollo.

Ils attendaient le taxi qui allait les emmener à la gare, et Madlyn se tenait tout près de Ned.

– On va revenir à Noël, promit-elle.

– Et à Pâques, ajouta Rollo.

Mais ils revinrent encore plus tôt que ça, car ils furent invités à un enterrement.

Chapitre vingt-huit

Les enterrements sont souvent tristes, pourtant celui-ci ne le fut pas le moins du monde. Il est vrai que toute l'assistance pleura, mais les larmes versées étaient des larmes joyeuses, et les reniflements sonores qui résonnaient dans la petite église avaient des accents musicaux tout à fait de circonstance.

En réalité, il ne s'agissait pas tant de funérailles que de retrouvailles.

Trois mois s'étaient écoulés depuis le jour où le troupeau de Griffstone avait traversé le bras de mer pour retrouver la sécurité du parc, et où la police avait embarqué les docteurs Manners et Fangster. Mais les Hurlantes parlaient vrai quand elles avaient dit s'être souvenues d'une chose importante qui concernait les Pieds. De nombreuses années auparavant, elles avaient gémi à l'enterrement d'un riche épicier d'Edimbourg qui voulait être enseveli près de la vieille maison de sa mère, sur la côte. Après la cérémonie, le bedeau leur avait montré la tombe d'Hamish MacAllister, le chef des MacAllister de Blackscar.

Déjà à cette époque, il ne restait quasiment rien du nom du vaillant chef gravé sur la pierre tombale, si ce n'est le ISH de Hamish. Le bedeau, qui s'intéressait à l'histoire, leur avait raconté que lorsqu'on avait voulu enterrer la dépouille de MacAllister, on n'avait pas pu trouver ses pieds.

– C'était après un de ces combats de frontière où les hommes s'affrontaient dans la plus grande des pagailles, à l'épée, au sabre et à la hache, avait-il expliqué. Ce n'est la faute de personne. Ça devait être drôlement difficile de faire le tri après les batailles.

Lorsque les Hurlantes avaient rencontré les Pieds à la gravière, quelque chose s'était réveillé dans leurs mémoires.

Pourtant, même dans ces circonstances, il leur fallut longtemps pour organiser un enterrement convenable. La chapelle ne servait plus que très rarement ; elles durent demander une autorisation spéciale, d'autant plus que la cérémonie qu'elles prévoyaient était inhabituelle – mais pour finir, elle n'aurait pu être plus belle ni plus émouvante.

Les fantômes et les enfants étaient assis au premier rang, les Pieds se tenant entre Madlyn et Sunita. Personne n'avait eu la bêtise d'essayer de les décorer de rubans ou de leur vernir les ongles. Les Pieds étaient tels qu'en eux-mêmes : forts et virils.

Derrière eux, Tante Emily et Oncle George étaient accompagnés de M. et Mme Hamilton, ainsi que de Mme Grove et son frère, le gardien du parc, tout à fait rétabli. Il avait fallu un certain temps aux médecins de l'hôpital pour diagnostiquer que ses maux de ventre n'étaient pas dû à une appendicite, mais à une intoxication alimentaire. Plus tard, quand les escroqueries de Manners avaient éclaté au grand jour, on avait découvert que quelqu'un avait touché à la boîte à sandwichs du gardien. Le commandant Pettseck, l'homme qui avait rendu les fantômes célèbres, était également présent – plus une personne qu'ils connaissaient à peine et qu'ils ne se seraient jamais attendus à voir là : Lady Trembellow.

Le reste de l'assistance était constituée de visiteurs qui étaient pour la plupart des fantômes. Les spectres des Réunions du jeudi avaient fait le déplacement : Fifi Fenwick, l'Amiral et la gentille Mme Perry-Lee qui était décédée et devenue un fantôme elle aussi, ce qui facilitait beaucoup les voyages... Était là également Hal, l'ami de M. Smith de l'autoroute, qui avait vu le troupeau passer en direction du Nord.

Les premiers accords d'orgue retentirent dans l'église : le Cousin Howard s'était mis au clavier. Comme c'était un bibliothécaire et un érudit, il savait exactement ce que requérait la situation. Quand les fidèles se levèrent pour entonner le premier vers de l'hymne qu'il avait choisi, ils eurent tous la gorge serrée par l'émotion, car Cousin Howard avait trouvé un chant sur les Pieds. Il s'appelait *Jérusalem* et commençait ainsi :

Et ces pieds au temps jadis
Parcoururent-ils les vertes montagnes d'Angleterre ?

La cérémonie se déroula sans heurts. Les Hurlantes gémirent, le Cousin Howard plaqua un dernier accord vibrant sur l'orgue, et tout le monde se rassembla devant le porche de l'église pour regarder les Pieds – telle une mariée qui se rend à l'autel – marcher lentement vers la tombe du chef MacAllister.

Arrivés à la pierre tombale, les Pieds se retournèrent timidement, les orteils pointés vers l'église, et claquèrent une fois des talons en geste d'adieu.

Mais seuls les fantômes accompagnèrent les Pieds en cet instant de retrouvailles ultimes. Les êtres humains étaient repartis, sachant que ce qui se passe lorsque le voile de la réalité se déchire n'est pas une chose que les simples mortels doivent chercher à comprendre.

Ils attendirent donc sans un mot, assis sur les bancs de l'église. Alors, brisant le silence, un rugissement de bienvenue extatique, grave et très écossais monta de sous la terre, et ils comprirent que le chef MacAllister était enfin au complet... et que leurs Pieds tant aimés avaient enfin retrouvé leur vraie place.

Après un enterrement, on offre d'ordinaire de quoi grignoter. Les Hurlantes avaient prévu un somptueux déjeuner dans un hôtel un peu plus loin sur la côte, et c'est autour du buffet que les enfants apprirent ce que Lady Trembellow faisait à Blackscar.

Elle avait repris le Centre de recherches Manners sur l'île et en avait fait le Refuge pour animaux de Blackscar.

– Vous comprenez, j'ai lu les articles sur le Dr Manners et j'ai voulu agir. Manners est le chirurgien qui m'a fait subir toutes ces opérations et rendue si malheureuse, et j'ai éprouvé le désir de réparer une partie des torts qu'il a commis. J'ai toujours aimé les animaux et j'avais besoin de faire quelque chose d'utile de ma vie.

Son centre avait déjà réussi à sauver le gorille, qui allait être renvoyé en Afrique, et beaucoup de gens avaient commencé à lui adresser des ânes au bout du rouleau et des chevaux dont plus personne ne voulait, qui pourraient finir leurs jours paisiblement en compagnie des pauvres bêtes que le Dr Manners avait manipulées.

– Bien sûr, l'argent manque, mais les gens sont généreux, dit-elle avec un regard éloquent vers la tirelire de sa fondation, bien en vue sur le bureau de l'accueil.

Pour Lord Trembellow, en revanche, cela ne s'était pas bien passé du tout.

Lorsque la police avait commencé son enquête sur le vol du troupeau, les soupçons s'étaient d'emblée portés sur lui. C'était sa gravière qui avait servi pour l'entourloupe ; sa femme connaissait le Dr Manners ; on savait que lui-même avait toujours souhaité se débarrasser du troupeau. Pire encore, les faux vétérinaires du ministère avaient déposé de l'argent sur son compte bancaire.

Trembellow fut donc emmené au poste, interrogé et inculpé. En fait, il avait beau être cupide et ne reculer devant rien, il ignorait tout de la combine de Manners. Il croyait vraiment que les hommes étaient des vétérinaires mandatés par le ministère et que les bêtes étaient enterrées dans sa carrière. Il n'avait pas réalisé non plus que la maladie de Klappert n'existait pas, et que le troupeau volé était parfaitement sain. Le temps qu'il embauche des avocats pour blanchir son nom, puis d'autres avocats plus compétents, puis d'autres encore, il ne lui resta plus un sou et il dut vendre les Hauts de Trembellow ainsi que ses différentes entreprises. À présent, il vivait avec Olive dans un minuscule pavillon gris d'un lotissement HLM.

– Mais Olive est si intelligente, poursuivit Lady Trembellow. Elle a une rangée de pots de confiture où elle met toute leur petite monnaie et elle la compte tous les jours. Je suis sûre qu'ils s'en sortiront.

Madlyn et Rollo surprirent une autre conversation, entre leurs parents, Oncle George et Tante Emily.

– Les enfants avaient une mine rayonnante à leur retour, confiait Mme Hamilton, et ils ont l'air d'adorer Griffstone. Je ne suis pas sûre que nous vous ayons assez remerciés de les avoir reçus.

– Mais comment donc ! s'écria Tante Emily. C'était un plaisir de les avoir ! Et ils nous ont tellement aidés !

À sa manière bourrue, Sir George déclara :

– Je ne comprends pas pourquoi vous les élevez en ville. Il y a tellement de choses à faire à Griffstone ! Vous pourriez tous les deux trouver du travail par ici, et il y a une maison au village, si vous voulez être indépendants.

Ned en cessa de manger. Les trois enfants tendirent l'oreille sans vergogne.

– Enfin, je ne sais pas. Ça pourrait peut-être se faire. Faut voir, dit M. Hamilton.

Et sa femme dit elle aussi :

– Peut-être.

« Peut-être » est un mot qui ouvre les portes. À l'arrière de la Bentley qui les ramenait de Blackscar, les enfants étaient parfaitement ravis.

Ils allaient dormir à Griffstone avant de rentrer à Londres – Ned venait avec eux pour un long week-end. Les fantômes et les enfants passèrent leur dernière heure à leur poste préféré sur le mur, à observer les gracieuses vaches blanches qu'ils avaient sauvées.

– Pauvre roi, soupira Rollo. Il n'a jamais eu ses licornes.

Mais en fait, même s'il les avait eues, le roi du Barama n'aurait pas pu les payer, car les prospecteurs de pétrole s'étaient montrés tellement cupides que le pétrole de son pays était épuisé.

Le roi n'avait donc plus d'argent et une fois pauvre, il s'aperçut que tous ces gens qui lui faisaient des courbettes le laissaient tomber ; aussi décida-t-il d'abdiquer et de partir vivre à la montagne chez sa vieille nounou, celle qui lui racontait les histoires.

Et au bout du compte, il y fut bien plus heureux qu'il ne l'avait jamais été jusqu'alors parce qu'il prit des forces et recouvra la santé, et aussi parce qu'il pouvait admirer tous les animaux sauvages : il finit par perdre son envie de posséder des licornes, car il comprit que les licornes avaient leur place dans l'imagination des gens et dans les histoires, où elles peuvent courir librement et pour toujours.

– Je crois qu'on devrait rentrer, dit Madlyn.

Mais au moment où ils allaient descendre du mur, il se passa une chose tout à fait extraordinaire.

Ils entendirent d'abord le bruit, un grattement faible, une sorte de frémissement dans les feuilles... Le bruit cessa puis reprit, plus proche et plus fort.

Ils baissèrent les yeux vers le lierre qui couvrait le mur : rien. Quelques secondes plus tard, ils distinguèrent une forme vacillante et floue... une petite *chose* qui apparut un bref instant, puis se perdit dans le fouillis des feuilles.

Leurs cœurs battaient très vite, à présent. Non, bien sûr. C'était inconcevable. Parfaitement impossible.

Pourtant la chose grimpait maintenant, lentement, en s'arrêtant fréquemment pour reprendre son souffle. Elle apparut, se rapprocha, disparut de nouveau.

Et soudain, d'un bond, elle se hissa sur le haut du mur. *Il* était devenu presque transparent, et si amaigri que c'était un miracle qu'il arrive encore à bouger ; ses os pointaient sous le pelage terne, les yeux jaunes étaient voilés par la fatigue.

Mais il avait fait le voyage. Aussi incroyable que cela puisse paraître, le spectre avait réussi à traverser la chaussée de Blackscar et il avait survécu tout seul dans la chapelle, des semaines d'affilée, en attendant, attendant… Puis lors de l'enterrement, le rat, exténué, s'était hissé dans le coffre de la Bentley où il s'était évanoui.

– Au nom du ciel, mon gars, sauve-toi ! s'écria M. Smith. La créature a eu son compte, tu peux lui échapper.

Ranulf de Torqueville lui répondit par un regard lourd de mépris. Puis, calmement et soigneusement, il défit les boutons de sa chemise et, dans un grand geste, en écarta les pans.

Alors le rat força ses pattes épuisées à fournir un dernier effort et, d'un bond ultime, se posa sur la poitrine de Ranulf.

Pendant quelques instants, personne ne parla – ce qui venait de se passer était trop solennel pour se traduire en mots. Puis les enfants dirent au revoir et se glissèrent au pied du mur. Les fantômes restèrent assis, inhalant l'haleine douce et salutaire des bêtes qu'ils avaient aidé à sauver.

Ils n'avaient plus peur d'être abandonnés ni de se sentir seuls. Car ils avaient compris que lorsqu'une chose est faite pour vous, elle est faite pour vous, c'est comme ça et pas autrement. Aussi sûr que le rat était fait pour Ranulf et que les Pieds étaient faits pour le chef MacAllister, les enfants étaient faits pour Griffstone – et ils reviendraient.

www.wiz.fr
Logo Wiz : Cédric Gatillon

Composition Nord Compo
Impression Bussière en janvier 2007
Éditions Albin Michel
22, rue Huyghens, 75014 Paris
ISBN : 978-2-226-17390-4
N° d'édition : 16794. – N° d'impression : 070120/4.
Dépôt légal : février 2007.
Loi n° 49-956 du 16 juillet 1949 sur les publications destinées à la jeunesse.
Imprimé en France.

RARY
244 375444 Ext: 3301

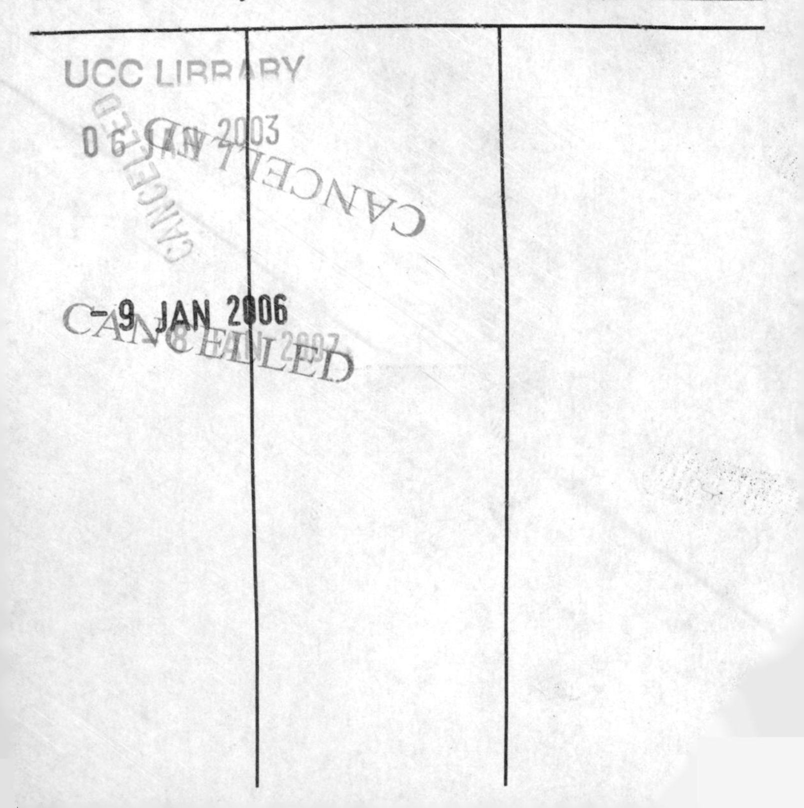
UCC LIBRARY
CANCELLED
CANCELLED
-9 JAN 2006
CANCELLED